人生悲喜，字斟句酌；世界冷暖，字里行间。

最世文化
Shanghai ZUI co.,Ltd

插图 / 胡小西

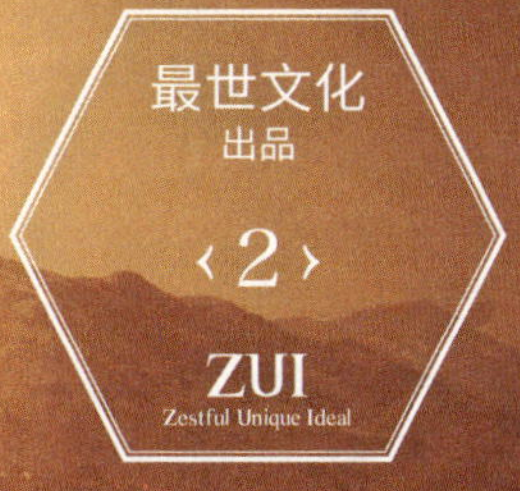

我成为怪物那天

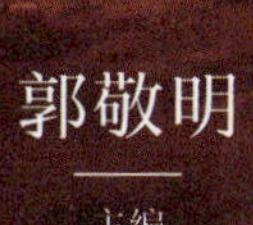

郭敬明

主编

湖南文艺出版社 博集天卷 CS-BOOKY

插图 / 胡小西

[CONTENTS]

目 录

ZUI NOVEL

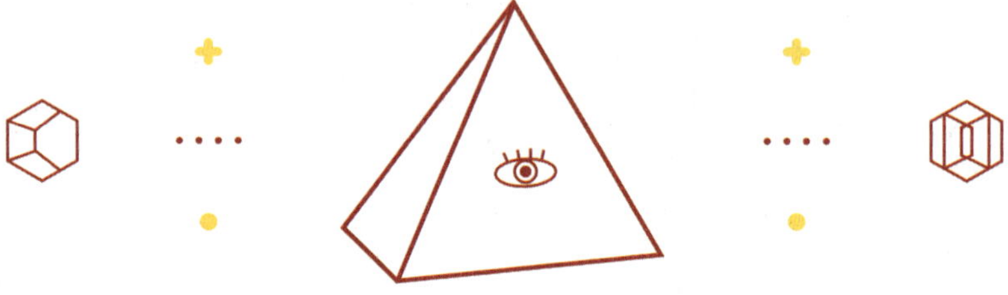

Zestful —— Unique —— Ideal

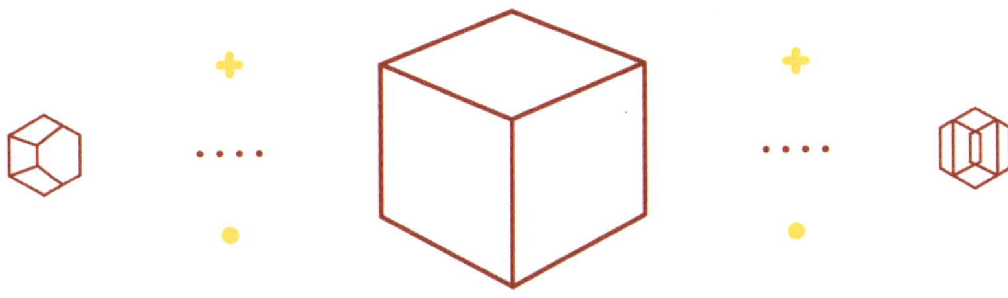

主 编 / 郭敬明
出 品 人 / 郭敬明
执行主编 / 痕痕
文字总监 / 痕痕
设计总监 / 胡小西
设计主管 / Fredie.L

流程主管 / 卡卡
宣传企划 / 罗航菲
文字编辑 / 卡卡、张明慧、童明慧
吴宛璘、郑丽丽、孙宾
图片编辑 / 胡辰阳
美术编辑 / 龙君、董璐、付诗意

版权合作或商业邀约
联系电话：021-62530237-158
联系人：张叶青、于漪

装帧设计 / ZUI Factor(zui@zuifactor.com)
官方网站 / www.zuibook.com

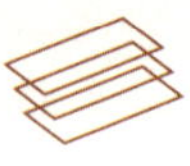

异化

痕痕 / Text

一天下班后，我看完一位作者的长篇样章，和作者交流完阅读感想，并鼓励她继续往下写后，我关闭电脑，走在回家的路上，夜色已经很深了。第二天，我重复了相似的工作，一边审稿，一边思考着“异化”选题书要怎么做。

其实我的工作内容很重复，有时一天之内看的数篇稿件都不知其味，头脑也昏昏沉沉起来，但若在下班前能遇到一篇不错的文章，那么仿佛一天的工作也有了意义。走在回家的路上，觉得自己的心情完全被稿件操纵了，在夜幕之下，行色匆匆的人潮中，这样的我，算一种古怪还是幸运呢？于是拿出手机，给老师发了消息。

我的工作好特别，又好幼稚哦。

老师回，很特别，不幼稚。

老师是我很欣赏的作家，当《最小说》最初计划要改成选题书时，我就将这个消息告诉他。不知为什么，我会把和他说话当成一件像是写明信片那样重要的事，但并不轻易打扰。

策划选题书时，我在本子上记下“选题要怎么做才有趣”，然后自问自答，这个问题重复了很多遍，每一遍的想法，都会朝着比较完善的方向前进一点点。

我想阅读有时候是，寻找一个现实世界的出口，我们在阅读时会不知道突然遇上什么人的眼睛，发现与自己气味相同的人，于是暂时躲避了现实生活里的问题种种。

这一期的选题是“异化”——

《灯塔少女》讲了一则悬疑故事，除了层层推进的巧妙情节外，还引出一个情感与道德之间的问题：“我们如何处理亲人的基因异化？”或许这样的处境未来就会发生。《虎爷》叙述了一次舞狮过程中的意外，作者的文笔生动，故事涉及乡野文学和民俗传统，文中又隐含一处伏笔：果子狸装死而获得逃逸，那么屏仔是真的被“虎爷”上身，还是为了获得休假而做的极相似的模仿？作者看似不经意的着墨，使文章又蒙上了一层迷

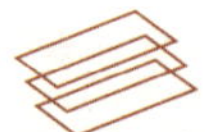

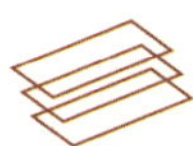

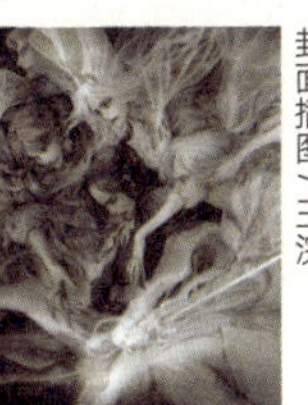

封面插图 / 王浣

离气息。《咀嚼》的故事背景在近未来，那时人人都会发生肢体异化，在轻松推理故事的表象下，是对“现实”和“真相”提出的质疑，或许警醒的也是我们这个时代。《漠里拾荒人》中则把心碎的人比喻成流放荒漠，文章以一次“异化”的接触，试图告诉读者，如何从心碎中走出来，而“异化”并不只是发生在故事里，我们谁没有踏入过心碎的境地呢？《捏脸师》的背景为核战后的末日世界，作者以丰富的想象力构建了一个寓意深刻的故事，提出“真实是什么”，真正值得追求的美感是什么，那并非人在无尽的欲望中的满足和沉沦。《熔炉玛丽》中，当即将被销毁的机器人说出“当我躺在垃圾堆里的时候，我听到他的爸妈又在打他。我为他，而不是为我自己感到很悲伤”时，我仿佛觉得，自己才是那个被遗弃的，无人心疼的孩子。《赵师傅》里，一位平凡的时间旅行者，对自己的命运无所知，作者意图表达“人生既孤独又漫长，而且充满无力感，改变或许也没有意义”，但故事的结局又预示着一种改变终会来临。最后一篇《我成为怪物那天》，主角直接变身为怪物了，但我们会发现，好像躲在怪物的皮囊之下，我们反而可以离爱与直觉更近一点。

八篇文章以不同的主题，去追问一个真相：“什么是异化”“异化会带来什么”“异化是如何发生的”，以及“异化与我们的关系”，总之，这是一本诠释“异化”的故事集。

这本选题书中还有一个特别之处，是我约到了老师的文章，这也是他的文章第一次被收录到内地的合集当中。当我阅读老师的《虎爷》时，又开始用手掌压着之后的内容，让文字一行一行地跳出来，以免一下子看到更多，有时候我会玩这样幼稚的游戏。编辑人的日常，说到底还是古怪和单调的吧。

但遇到好故事，也是最棒的犒赏。

《我成为怪物那天》，希望你也阅读愉快。

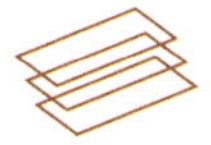

光怪陆离的，是世界的霓虹，而你，是纯正的虚空。
眼花缭乱的，是嘈杂的需索，而你，是安静的过客。
忧心忡忡的，是无畏的认同，而你，是造物的恩宠。
辗转反侧的，是浅笑的睡魔，而你，是怀中的萤火。

郭敬明 / Text　**年年** / Illustration

月隐山湖落，风吹天地歌，踏雪花香浅，衣袖挽星河。
煮酒慰风尘，重临铜雀门，百鬼低声语，万妖齐歌声。
岁月吞噬朱颜晚，与君同行人世间。
不羡琴瑟不羡仙。
郭敬明 / Text **王浣** / Illustration

每一个小小的错误，都是造物者的疏忽。
每一个卑微的异类，都是世界的眼泪。
每一次凝望，都有一声呐喊。
每一次呼唤，都得不到答案。

郭敬明 / Text　**孙十七** / Illustration

暗夜变成墨水，将你我染黑。
灰烬化成蝴蝶，有谁在追随。
尖刺或者犄角。
世界小小一角，你我藏身就好。

郭敬明 / Text **繁恩** / Illustration

宝树 / Text
×
夏无觞 / Illustration
灯塔少女

Theme Story

灯塔少女

宝树 / Text

2027-03-12

我叫凌柔柔——爸爸，是这样吗？——嗯，我叫凌柔柔，今天我满七岁啦。我爸爸叫凌东，是他送给我这个小本本当生日礼物的。爸爸说，它叫电子……电子日记本，只要我打开它，对着它说话，我说的话就会存在里面，所以我要把今天的事说一遍，以后就记得了。今天我过生日，爸爸带我去迪士尼乐园玩了一整天，我漫游了童话城堡，还坐飞船上了太空，爸爸还带我吃了一个超级大的蛋糕！我过了一个很棒很棒的生日。我许了一个愿，就是柔柔要永远和爸爸在一起！

2027-05-08

今天爸爸带我去学钢琴，有好多小朋友。我一开始有点紧张，可不知怎么，我看到钢琴就觉得很熟悉，一坐下来就会弹，比别的小朋友都厉害，老师问我是不是学过，不过我一点也不记得学过琴。但老师说，我比那些学过的小朋友弹得还要好，可以直接进高级班了。爸爸夸我是小天才，下课以后带我去吃甜品。我可喜欢爸爸了。

2027-09-01

今天我要上小学了。我不想去，但爸爸说学校里有很多小朋友，可以跟我一起玩。可是我发现其他的小朋友都是和爸爸妈妈一起来的，为什么我妈妈没有来呢？电视里的小朋友也有妈妈。我也问过爸爸，可是他从来不告诉我妈妈在哪里。有一次我问他，他瞪眼说我没有妈妈。每个小朋友都有妈妈，为什么我没有呢？我想问爸爸，可是一听到我问他就好像不高兴，我就不敢问了。其实有妈妈也没什么了不起的，我有爸爸就好了。

2027-09-05

今天是礼拜天，爸爸带我去了一个地方，那里有很多很多立起来的大石头，爸爸说每个人将来都会睡在那些石头下面，不再起来了。可是我想，睡在那里多无聊呀。爸爸带我去中间的一块石头前面，说妈妈就躺在下面。我看到了妈妈的照片，她比其他小朋友的妈妈都要美，我好高兴，我让爸爸把妈妈叫起来和我说话，爸爸哭了，他说妈妈不会和我说话，但是她会陪着我，一直陪着我。我不懂，但是爸爸哭了，我心里很难受，所以我也哭了。

2027-09-20

今天上英语课。老师教我们唱字母歌，我跟着唱着唱着，突然嘴里就冒出了一句英语：“My name is Jessica, what's your name?”老师问我是不是在幼儿园学过，可是我一点也不记得，我都不记得自己上没上过幼儿园，四五岁以前的事情我都不记得了。不过老师说，我的英语很标准，要推荐我去参加少儿英语比赛，我可开心了。老师还说，既然我已经有英文名了，以后就叫我Jessica吧。回家以后我问爸爸，为什么我会说英语，他说因为你是小天才嘛。可是我不懂，我明明

什么都不记得了，怎么是天才呢？

2028-03-12

今天爸爸又给我过生日了。我们坐了豪华游艇，出海玩了一圈，去珊瑚礁里潜水，又去吃了好多好吃的，爸爸还给我买了一个电视上那种会说话会走路的机器洋娃娃。我太爱爸爸了！可惜妈妈不能和我们在一起。我想去去年去过的那个墓地看妈妈，但是爸爸说，妈妈的心一直和我们在一起，不用专门去看她了。我问爸爸妈妈叫什么名字，爸爸又有点不高兴，说没有名字。我说怎么会没有名字呢，你叫凌东，我叫凌柔柔，妈妈一定也有名字呀。最后爸爸告诉我，妈妈叫“素素”，这名字真好听。

***

2032-04-04

今天是清明节，我去看妈妈了。上一次看妈妈已经是五年前的事了。但我还记得很清楚，爸爸从那以后再也没有带我来过，他一定是太难过了，不想触景生情。不过我现在长大了，可以自己来了。我是一定要来看妈妈的，我有好多话想跟她说呢。可是到了墓地我就傻眼了，这里比我记忆里大多了，到处都是墓碑，我可怎么找呢？我转了一圈又一圈，转到晕头转向，差点就要放弃了，可最后我忽然看到了一张照片，就是记忆中妈妈的脸！一定是妈妈在天有灵，指引我找到她的。我看着她的脸，她好年轻啊，最多二十多岁的样子，而且也长得有几分像我。

那块墓碑上刻着“沈素素之墓”，立碑的应该是妈妈的父母，也就是我的外公外婆了。妈妈是什么时候去世的呢？墓碑上居然没有刻，真奇怪。但是这块墓地感觉很旧，周围的墓碑上刻着的下葬时间都是三四十年前。妈妈不可能那么早去世吧，要不然怎么会有我呢，她究竟是什么时候走的呢？

晚上回家，爸爸还在工作室里对着他的电脑捣鼓股票什么的，我想问他妈妈的事，但想问了他一定不高兴，还是算了。

2032-04-07

今天晚上，我趁爸爸出门，把家里的照片都翻了一遍，想找到妈妈的照片，但是什么都没找到。我还发现了一件奇怪的事，我四五岁以后的照片很多，但是以前的，小婴儿时的照片完全没有，更不用说和妈妈的合影了。为什么会这样呢？这几年，我一直在想五岁以前的事，一开始什么也想不起来。但慢慢地有了一些影子，我记得自己当时好像住在外国，每天讲英语，我的名字好像叫Jessica，还有另外的朋友，但是具体的都记不清楚了，就像是梦里的场景，怎么也看不真切。我是谁呢？是从哪里来的？我躲在被窝里问自己，忽然觉得好害怕。

2032-04-13

今天在路上碰到一对出来旅游的老夫妻向我问路，人很慈爱可亲，我忽然间有一种奇怪的感觉——“他们好像爸爸妈妈呀！”可是我马上就被自己吓到了。那个丈夫个子不高，脸圆圆的，头也秃了，和爸爸长得完全不一样，那个妻子也完全不像妈妈，怎么会像是我的父母呢？但是我闭上眼睛，似乎真的能够想起另外一对夫妇，我叫他们爸爸妈妈……我被这种感觉吓坏了。

2032-05-16

我把我的苦恼告诉了好友莉莉。她跟我说：“很简单呀，你爸爸根本不是你的亲生爸爸。”我愣了一下，但猛然就明白了。对呀，这样一切才能说通。我本来另外有爸爸妈妈，住在外国，可是不知道为什么四五岁的时候被现在的爸爸收养了，所以家里根本就没有以前的照片，而且我从小会钢琴和英语，肯定是以前的家里教的。那个沈素素应该也不是我的亲生妈妈，谁知道呢，也许根本就是他随便找了一块墓碑骗我的。我的亲生父母，你们还活着吗？如果活着又在哪里呢？你们知道我在异国他乡，跟着另一个爸爸一起生活吗？

2032-05-19

我发现自己是世界上最傻的傻瓜！我苦恼了好几天以后，今天终于忍不住，冲进爸爸的工作室问："爸爸，我是不是你的女儿？我的亲生父母在哪里？"爸爸一开始很生气，听我说了一阵以后反而笑了起来。他说我和莉莉都是看电视太入迷了，才根据电视剧里的情节编出来这些幻想。他说我们以前的确住在美国，我小名叫Jessica，但是我四岁的时候发了一场高烧，所以以前的事都不记得了。我说："那你为什么没有我的照片？"他说："怎么没有呢？"就打开电脑，里面真的有几张小婴儿的照片。爸爸说，当时拍了很多照片，但是搬家的时候丢了几本相册，大部分都不见了，但电脑里还存有几张。里面有一张是爸爸、妈妈和我的全家福。我看到妈妈抱着还是小婴儿的我，幸福地依偎在爸爸身边。爸爸还说，如果她不是你妈妈，你们怎么会长得这么像呢！我想也是，再说爸爸对我这么好，我怎么会不是他的女儿呢？爸爸还说，当年妈妈是生病去世的，死的时候我还很小，说着他又哽咽了，我忙让他不要说了。我真是一个大傻瓜！

***

2035-04-07

今天发生了一件很奇妙的事。

中学里来了一个新老师，二十八九岁，打扮得很洋气，在办公室里见到我，竟然脱口而出："Jessica！"然后她好像想到什么，马上笑着说："Sorry，我认错人了，我还以为你是……不可能的。"我的心猛然跳了一下，说："好巧啊，我的英文名也叫Jessica。"她听了很惊奇。

我们聊了起来，原来这个老师叫Elle，是洛杉矶的美籍华人，在我们学校教英语。Elle说，她说的那个Jessica是她小时候的玩伴，比她还要大一岁，她们一起长大，但是她十五岁那年Jessica搬家走了，那是十来年前的事了。显然不可能是我。

我问Elle老师："那老师为什么会叫我Jessica？"她说："因为你们实在太像了，你和我记忆里的她简直一模一样。不过你比她小十二三岁，肯定不会是她了。"但我还是很奇怪，这么凑巧，长得一样名字也一样，这也太稀奇了。我问

Elle老师有没有Jessica以前的照片，Elle老师说电脑里有，明天拿给我看看。

2035-04-08

我生病了。高烧发到快四十度，一整天都没有去上学。去医院看了，医生也说不清是什么病，只让我打吊针退烧。看样子明天也去不了学校了。我好想再和Elle见面呀，我还没看到Jessica的照片呢。

2035-04-24

一病就是两个多礼拜。爸爸让我不要上学了，我问他我得的是不是绝症，他说是能治好的，但是时间要很长。可能下学期才能回去了。但我还是好害怕，我觉得他说话吞吞吐吐的，也许他在骗我。也许我得了大病，就要死了。

2035-06-16

前段时间都是在瞎担心。我的病已经好了，最近一个多月都感觉没问题了。我问爸爸我是不是可以回去上学，爸爸说我已经休学两个月，回去怕也跟不上了。他要带我去澳大利亚旅游散心，下学期换一个更好的精英学校上。听到去澳大利亚我很高兴，但是我舍不得以前的同学和老师，莉莉啊、明明啊，还有Elle老师，我刚认识她，但感觉好像和她特别投缘。我说我下学期还是要回学校，落下的功课我可以补上。说了半天，爸爸答应我去找老师问问，但是我觉得他是在敷衍我，哼！

***

2035-09-11

#隐藏模式#我想我得把这段日记隐藏起来，我……我不知道该相信谁。天哪，整个世界都……都……

刚从澳大利亚回来，今天就收到了Elle的信息！她通过班级的网络群找到了我，听说了我的情况，问我身体怎么样了。我告诉她已经没大碍了，还给她看我去澳洲玩的照片。她也发给我几张照片，Elle和那个Jessica的。她们在一片草坪上拍的，两个人都笑得很灿烂。Elle一点没夸张，那个Jessica长得和我简直一模一样！

草坪后面有一座教堂，看上去说不出地熟悉，忽然间，一个名字在我心里响起——“St. Michael”。我问她背后的教堂是不是叫St. Michael，Elle吓了一跳，说：“上帝啊，你怎么知道的？”

我不知道我是怎么知道的，但这不能再用巧合来解释了。我和那个Jessica一定有某种很深的关系，也许她是我的姐姐，或是我的亲生母亲？可是好像都不对。我想去问爸爸是怎么回事，但忽然心里浮起一个念头：那天Elle答应给我看Jessica的照片，为什么我会突然得了一场大病，几乎和她断了联系呢？是不是因为爸爸不想让我和Elle见面，偷偷给我下了什么药？可为什么他会知道Elle的事？我从来没有告诉过他，只可能是他偷看了我的日记！对，他一直在偷看我的日记！三年前那次，就是因为莉莉告诉我爸爸不是我的亲生父亲，他知道我会去问他，才拿出那些照片打消我的怀疑。可仔细想想，如果爸爸早有准备，伪造一些数码照片轻而易举。如果爸爸一直在骗我的话……天哪，我简直要疯了！

2035-09-12

#隐藏模式#我一晚上都没合眼，直到天蒙蒙亮才睡着，睡着了也是噩梦缠身，没到九点就又醒了。

下午我和Elle继续在网络上聊天，她问我：“你知不知道你爸爸是什么人？”可我不知道怎么回答，爸爸就是爸爸嘛。

“我是说，你知道他的工作吗？”

但是爸爸从来不去上班。我知道他在工作室里有一台大电脑，不知道他每天在上面忙什么。屏幕上各种数据和图表不断跳动，他说他是在进行股票和外汇的交易。爸爸真蛮厉害的，靠这个就能养活我们两个。自我记事以来，我们家从来没有为钱发愁过。

我把情况约略告诉Elle，她又问我，有没有爸爸的照片。这当然很多了，我打开手机，调出来一堆爸爸的照片，大部分是我和他的合影。发了几张给Elle。她立刻回了一个跳动的惊奇表情。

“怎么了？”

“我见过你爸爸，他就是……就是Jessica的爸爸！”她用语音说。

我又是一阵晕眩，感觉喘不过气来：“这怎么可能……”

Elle告诉我，Jessica的爸爸那时大概四十岁，还有几分帅气。他似乎是在一家生物研究所工作，不过和周围邻居往来很少。她也是被Jessica带到家里玩，才撞上过一两次。

虽然Elle拿不出当时Jessica爸爸的照片，但从她的描述中，我已经信了八九成。问题是Jessica和我到底是什么关系？她真是我的姐姐？但即使是姐妹俩，长这么像的也不常见。何况她要是我姐姐，我们怎么会起一样的名字呢？

Elle又问了我一些关于爸爸的问题，但我都答不上来，我这才惊觉，对自己生命中最重要的人我竟然了解得如此之少。他是哪里人，每天具体在干什么，怎么生的我，我都不了解。

Elle又问我：“你确定他是你的亲生父亲吗？老实讲，我觉得你们几乎没什么相似的地方。”

我的心又咯噔一下，这正是我多年前怀疑的事情。我仿佛是做了一个恐怖的噩梦醒来，发现一切正常，舒舒服服地过了几年，但最后发现其实这才是梦，而噩梦——是现实。

最后，Elle出了一个主意，让我设法弄到爸爸的几根头发，这样就可以进行DNA的检测，弄清楚我们有没有血缘关系了。

2035-09-15

#隐藏模式#爸爸是彻底不想让我回去上学了，他告诉我，要带我去巴黎住几年。巴黎！以前听到这个消息我会高兴得发疯吧。但是现在，我只觉得心里一阵阵发冷。爸爸为什么要逃离这里？他是不是怕我发现什么，还是他想带我去国外做什么可怕的事情？

说起来，爸爸虽然是中国人（应该是吧？），但好像在国内他没有任何亲戚，和周围的人往来也很少。他是逃犯吗，还是间谍？或是变态杀人狂……我不能再想了，再想我真的会疯掉。

不过我顺利地在枕头上拿到了他的头发，我要拿去给Elle，很快就可以知道答案了。我已经预感到，这个答案是我不想知道的。

2035-09-27

#隐藏模式#等了好像有一个世纪那么久，DNA检测报告终于出来了，Elle帮我去拿的，用手机拍照传给我，结论证明了我最可怕的怀疑：爸爸和我没有任何血缘关系！我躲在厕所里偷偷地哭了一场。结果给爸爸看到了，他问我怎么了，我说是舍不得这里的朋友，好不容易才掩饰过去。

Elle说，她已经找了一个私家侦探在查爸爸的底细。但让我一定要忍住，不要打草惊蛇。可是爸爸下个月就要带我去法国了，如果到时候什么也查不出来该怎么办呢？

2035-10-09

#隐藏模式#今天，Elle终于约了我见面，说有重要的话要跟我说。

我们在一家咖啡馆里坐定，Elle拿出一摞厚厚的资料，表情凝重地递给我。我看到最上面是一个叫作凌勇的人的简历，这和爸爸有什么关系？Elle似乎看出了我的疑惑，解释说："凌勇就是凌东，你的——爸爸，或者说是养父更合适。他改过名，中间又在好几个国家住过，非常难追查。不过他还是留下了蛛丝马迹，让侦探查到了他的身份。

"从头说起吧，他本名叫凌勇，出生于1973年，1991年进入燕京大学生命科学院读书，1995年去美国宾夕法尼亚大学留学，攻读生物学博士，2001年取得博士学位。后来在墨西哥国立大学从事博士后研究，研究方向是一种加勒比海水母的DNA……"

我翻着手头完全看不懂的资料，似乎都是那个叫凌勇的人的论文，大部分是

夏无觞 / Illustration

外文。这是我爸爸吗？但是听起来……是一个完全陌生的人。

可是很快，另一个我听过的人名出现了。

“在燕京大学读书期间，他认识了一个叫沈素素的女生——对，就是你的‘妈妈’——他们很快陷入了热恋，并且在毕业后就订婚了。”

这么说，爸爸有一点没有说谎，沈素素的确是他的爱人。但她是我妈妈吗？也许我是沈素素和其他人生的？但那时候离我出生还有将近二十年呢，这中间发生了什么？

Elle继续说下去：“但是沈素素并没有和凌勇一起出国，而是留在国内读书。当时是20世纪90年代，互联网还没有普及，两个人联络不便，也影响了他们的感情。具体发生了什么，已经过去了四十多年，很难弄清楚了。只知道沈素素被一个富家公子追求，感情起了变化，最后决定和凌勇分手。凌勇赶回国想要挽回，有人听到他们吵架，后来凌勇很快回了美国。没过多久，沈素素突然失踪了。”

我想到了什么，低呼了一声，Elle继续说：“沈素素的失踪，疑点很快集中在了凌勇身上，查看出入境记录发现，在沈素素失踪那段时间里，他竟然秘密回到了国内，但很快又出国了。警察怀疑是他因爱生恨，绑架了沈素素，沈素素很可能已经遭到了杀害。”

“不，不管怎么说，爸爸不会杀人的！”我脱口而出。

“但愿不会吧。”Elle叹了口气说，“不过警方虽然怀疑他，但他在国外，无法传讯，也没有确凿的证据可以引渡，最后不了了之。凌勇大概也是做贼心虚，后来很多年一直没有回国。沈素素也一直在失踪状态，三年后，有开发公司在市郊森林里造度假别墅，意外挖出了一些七零八落的骨头，似乎是遭到肢解的人体，甚至头骨也不见了……一起被埋的还有一些衣服，里面有沈素素的证件。后来，通过DNA也证实了就是沈素素，她果然在三年前就被害了。”

我仿佛掉进了冰水里，无法抑制地颤抖起来：“你不会说是爸爸……把她给……给……”

“不知道，一直也查不到确凿证据。沈素素的父母当然悲痛万分，将这些骸骨收拾起来火化，然后给葬了，就是你看到的那座墓。奇怪的倒是凌勇，同一时间，有人看到他带着一个七八岁的小女孩，说是从国内接来的女儿。”

“这就是Jessica？”我猜到了七八分。

但我竟然猜错了。

“不，那是2005年左右，当时Jessica还没有出生，这孩子叫Karla，我想方设法找到了一张她仅有的照片，就是这张，看，她和Jessica，还有你，一模一样！”

我看着一张和自己小时候几乎一样的脸，再次感到了窒息：“这……这到底是……”

Elle说：“柔柔，我有一个可怕的猜想，你要有心理准备。我想你和Jessica，还有Karla，你们都是沈素素的克隆体。克隆技术当年就已经出现，克隆人虽然在各国被禁止，但对凌勇这样懂行的生物学家来说，实现并不难。”

“克隆人……”我只是从科幻电影里了解一点这个概念，“你是说爸爸——凌勇——搞到了沈素素身上的细胞，用它复制出了我们？他为什么要这么做啊？！”

“这很明显了。他对沈素素有变态的情感，因为沈素素背叛了他，他杀了沈素素，可又舍不得她，于是利用她的细胞克隆出了和她长得一模一样的孩子。”

“可是……可是时间也对不上吧，沈素素死后三年，Karla已经有七八岁了？”

“这才是最有力的证据！克隆人是完全人工孕育，可以控制生长速度。凌勇嫌养小婴儿麻烦，所以调快了她的生长速度。可能让她一年之内就长到四岁那么大。”

我想到自己四岁之前的事都记不起来了，难道并不是什么高烧导致，而是……而是……我几乎要晕厥过去。

“等等。”我努力让自己从混乱中理出一点头绪，“如果这样，克隆一个就好了，为什么先后会有我们三个？”

Elle的脸色变得更难看，她压低了声音说：“这就是我特别要告诉你的，柔柔，你的处境非常危险！之前的Karla和Jessica先后都失踪了，而且都是十六岁前后失踪的。同时凌勇转去了另一个国家，以前认识Karla和Jessica的人当然认为她们和凌勇一起出国了。但是凌勇根本就没有带着她们！在她们身上发生了什么事，除了凌勇谁也不知道。”

我打了个寒战：“那他说要带我去法国，难道……难道是要……”

“我只能说，不能排除这种可能。”

“那我该怎么办？报警？”

Elle想了想，无奈地摇摇头：“找警察没有用，目前我说的一切都是猜测，没有实际证据。那些警察不会相信这么离奇的事……不过那个家，你是不能待下去了。这样吧，你跟我走，可以先住在我朋友那儿，保证凌勇暂时找不到你。”

但我又犹豫起来，这一切目前只是Elle的一面之词，也许爸爸根本是被冤枉的呢？也许另有内情呢？譬如，如果我是克隆人，为什么又会有一些似乎属于Jessica的记忆呢？

“我……我还要想一想。”我说，“事情还有很多疑点，我要先搞清楚。”

Elle没有逼我：“那也是对的。你要自己小心，做好准备。如果发生了什么情况，第一时间联系我。”

2035-10-10

熟悉的家已经变得越来越阴森可怖，但我还要强打精神，装作若无其事的样子和爸爸——不，凌勇周旋下去。平常做饭的阿姨今天告假了，白天他一直在工作室里忙碌，吃晚饭的时候我提议出去吃，我们就去了附近的一家馆子。但刚坐下就听到隔壁桌的一对男女在吵架。好不容易听明白，是那个女生因为异地恋而见异思迁，要和男生分手。男生愤怒地甩了女生一记耳光，女生哭着跑了。

我心中一动，这不正是当年凌勇和沈素素之间悲剧的翻版吗？也许可以试探他一下，所以我故意说：“爸，你看这女的多不像话，欺骗人家的一片真心，简直该死。”

话音刚落，凌勇就猛砸了一下桌子：“该死，为什么我当年——”他没有说下去，可是眼睛红了，声音也在发抖，显然被刺激到了。这证实了Elle的怀疑：他对沈素素的确怀着刻骨铭心的仇恨！为了毁灭她，他什么事都干得出来。

我心中惊怒交加，但也害怕他狂性大发，立刻行凶，只能勉强挂上笑容：“爸，别人的事你那么激动干吗，来，我们先干杯！”

凌勇也叹了口气，和我干了一杯。我刻意讨好他，聊了些父女间以前的事，以前每年怎么过生日啊，一起去哪里玩啊，我对他搞的恶作剧啊。其实想想，我们这对“父女”真的有很多温馨往事，可是今天聊起，却是各怀心事，物是人非了。

凌勇一直没有从刚才的情绪里恢复过来，看上去心情很恶劣，拼命地喝酒，要了一杯又一杯的红酒。最后出门的时候已经有八分醉意，我们打了车回家，他一进房门就倒在沙发上睡着了，鼾声如雷。

我想Elle说的话基本已经得到了证实，再在这个家里待下去只能增添危险。于是我给Elle发了一条讯息，然后上楼拿了身份证件、现金和一些换洗衣物，想要溜走。但经过工作室门口的时候，却发现门虚掩着，里面的电脑还在运转。我不由得停下了脚步：凌勇每天到底在这间屋子里干什么呢？真的只是在炒股吗？这里到底隐藏着什么秘密？

我往客厅看了一眼，凌勇应该还在沉睡中，鼾声清晰可闻，看来得睡到明天早上了。我大着胆子进了工作室，查看他的电脑，但此时电脑处于锁定状态，屏幕上出现了一个对话框，要求输入密码。我哪知道他的密码，试了“susu”“lingyong”“Jessica”都不行，只有作罢。又查看桌上，一角的确放着一些金融、股票类的书，但似乎并没有翻动的迹象，摊在面前的反而是一堆打印的英文论文，我翻了一下，好像是关于生物学的。我完全看不懂，但有一个奇怪的词语在所有论文中都不断出现——*Turritopsis dohrnii*。

我想这不会是什么克隆方面的术语吧？于是扫描了这个词，查看翻译，结果意外跳出来一个八竿子打不着的单词“灯塔水母”。还附有简略的介绍：“灯塔水母是水母的一种，大小只有四五毫米，性成熟后在某些条件下会重新回到水螅型状态，并且可以不断重复这一过程。”

我不明白这是说什么，只看懂了这的确是说水母的事。这么说，这些论文都是关于一种水母的？我想起来了，Elle昨天说过，凌勇以前是研究水母的，还真对得上号。但是都过去这么多年了，他也不再是生物学家，为什么还在看这方面的论文？

我又翻看那些论文，只能看出是关于这种水母生活习性和基因构成方面的专门研究，但看不出所以然来。其他方面更是找不到任何线索。我打算放弃了，可这时候目光又扫到了那个输入密码的方框。我起了一个念头，坐在电脑前，直接输入了一串“Turritopsis dohrnii”，不过再次提示密码错误，我想哪有这么巧的事，刚想走，但又想到一点，把所有字母改成大写并取消空格输入——“TURRITOPSISDOHRNII”。

电脑无声无息地解锁了！

我激动地凑了上去，看到了凌勇很多年一直在搞的那个软件，我看不太懂那是什么，但显然不是股票方面的东西。我翻来覆去看了半天，发现似乎是对一些有机分子的结构和作用进行模拟，好像也和灯塔水母有关。不过没什么具体的头绪。

我把这个程序最小化，又在他电脑里搜寻起来，这一回我很快发现了目标：四个文件夹“S”“K”“J”“R”。

这些天来，那些名字一直在我脑海里盘旋，我立刻猜出了这些缩写的含义：素素、Karla、Jessica、柔柔。

我的心狂跳起来，先点开“S”，果然出现了很多照片和视频，都是近四十年前沈素素和凌勇恋爱时拍的。我一时看不明白那么多，又点开“K”，里面是一个小女孩从小到大的生活，她穿着完全不同的衣服，梳着完全不同的发型，在另一个国家生活，却和我长得一模一样，那就是Karla。Jessica也是一样。只是又在Karla之后好几年了。

“我们真的是克隆人吗？”我梦呓般地想。像是拼命挣扎却抓不到一根救命稻草的溺水者。

我随手点开一个视频，是七八岁的Jessica和凌勇在一起过生日，和我小时候很像，只不过是近二十年前的事了。另一个视频，是Jessica在一场儿童演出中表演舞蹈，还有一个视频是他们一起去钓鱼……

我不想再看这些日常生活的片段，刚想关掉，忽然发现最后有一个未命名的文件夹，里面有一组整齐的视频，似乎有些不同。我打开了一个时间标注为2024年1月8日的视频，看到了恐怖的一幕：

那好像是一个类似实验室的地方，十六七岁的Jessica赤裸着身体，仰天倒在床上，似乎已经昏迷不醒。凌勇拿着一个硕大的针管朝她走去，将其中的液体打入她体内。

Jessica中间醒了过来，挣扎了几下，但被凌勇死死按住，她无法反抗。她大声尖叫着，让凌勇放过她，凌勇对她说了些什么，在Jessica的叫声中却听不清楚，依稀听到几句“很快就好了”“爸爸都是为了你好”之类的；被注射完之后，女孩的身体蜷缩成一团，再次陷入沉睡。凌勇随后离去，视频长期处于静止状态。我点开日期是第二天的下一个视频，看到Jessica仍然处于沉睡状态，只是皮肤上长出了一些类似疹子的东西。我跳过几个视频之后，发现那些疹子已经变成了奇怪的黏膜，把Jessica的身体一层层包裹起来。

几天以后变化就越来越明显了，Jessica已经没有了人形，被一层层膜包裹住，仿佛变成了一个“蛋”或者“茧”，再也看不见头脸。凌勇每天来观察一下，大约一个月后，正好是3月12日，这个茧裂开了，浓稠的血浆和天知道是什么的黄色黏液从里面流出来，一个小脑袋也伸了出来。凌勇听到响动，走进镜头，将茧撕开，抱出了一个浑身血污的孩子，看上去有四五岁。

“素素。”我听到凌勇说，声音不知道是悲伤还是喜悦，“你果然又重生了。这一次，叫你什么好呢？就按以前我们一起养过的猫咪的名字，叫你柔柔吧……”

素素……柔柔？

我感到无法呼吸，呆呆地不知站了多久，目光无意识地又落到桌上摊开的论文上，“Turritopsis dohrnii”一词再次映入眼帘。

“性成熟后会重新回到水螅型状态，并且可以不断重复这一过程……”

我终于明白了这句话的意思，灯塔水母可以不断地从成年态返回幼年态，一次次地循环，永生不死。

我明白了一切。

我根本不是什么克隆人。

我就是沈素素，就是Karla，就是Jessica。

凌勇为了惩罚沈素素，把她——也就是我——变成了一只灯塔水母！他通过注射药物，让素素一遍遍地从十六七岁重新被打回到四五岁，从而永远无法脱离他的掌心。每一次轮回中，我都会丧失记忆，把他当成最亲的亲人，任他左右。直到最后被绑起来才明白了真相，但一切都来不及了。

我活着，却永远无法变成一个大人；我死了，却又被重新带到这个世界上来，和一个丧心病狂的恶魔生活在一起。

这是凌勇对“我”背叛他的惩罚，世界上最可怕的惩罚。

我颤抖得几乎无法站立，一步步向后退去，却发现自己撞到了一个人身上。我回过头，发现自己正对着凌勇阴沉的脸。

“你……你怎么会在这里……”凌勇心虚地说，看了一眼还在播放着视频的电脑屏幕，表情一下子扭曲得宛如魔鬼。

“啊——”我大叫起来，用力推开他，向外跑去。

“柔柔，你听我说！”凌勇一把抓住我，不让我走，我随手抓起桌子上的一个加湿器，砸在他脑袋上。凌勇应声倒地。但他没有像电影里那样昏过去，很快就挣扎着爬起来。

我大步冲出房门，不顾一切地向外跑去。拐过路口，就看到了Elle的车，她在那里已经等了很久。我上了车，Elle发动了车辆，想去机场，但我拉住了她。

“去警察局！”我说，“我找到证据了，我要让这个恶棍为自己所做的一切付出代价！”

2035-10-12

前天，我和Elle报了警，但是当警察赶到的时候，凌勇已经及时销毁了所有的犯罪资料，那些资料本来就在他的电脑里，彻底删除后谁也找不到了。凌勇还尝试把一切说成我一个问题少女的异想天开，他差点就成功了。警察都不相信我说的离奇故事。

但有两点可以查实：第一，所谓凌东就是当年的凌勇，沈素素之死的嫌疑犯；第二，我和他并没有血缘关系，根本不是他的女儿。警察也起了疑心，暂时没有把我交给他，而且开始调查他的背景资料。我相信凌勇离覆灭不远了。

2035-10-15

凌勇忽然失踪了！警察说他可能来找我报复，让我当心。Elle说会设法带我回美国，相信凌勇不能再找到我。但是我还是很怕，害怕有一天再次落入他的掌心。警察快点找到他呀！

2035-10-24

凌勇死了！

他残缺的尸体在海上被发现，似乎已经漂浮了很多天，大概是失踪那天就自杀了。

听到这个消息我大哭了一场。一个月前，我都不会想到，他会是这个下场。如今他死了，那个恶魔从此消失，可是以前那个亲爱的爸爸，再也不会回来了。

警方认为，凌勇是怀着对沈素素的变态感情拐带了我这个来历不明的女孩。当然还有很多说不通的地方，不过此人一死，这个案子也就结束了。

有一些嗅觉灵敏的记者在打探内幕。不过Elle跟我说，让我不要跟任何人提灯塔水母的事，如果外界真的相信，我不是被秘密机构抓去做科学实验，就是沦为媒体炒作的焦点，一辈子都毁了。我觉得她说得对，其实现在我自己都开始怀疑，那天晚上看到的视频是不是真的了。

Elle说，让我和她一起回美国，重新开始。我不想花她的钱，但她说，她有很多钱，无所谓的，让我接受她的一片心意，毕竟我们从上一世就是好朋友。

我答应了，希望我的生活能有一个新的开始。

夏无觞 / Illustration

***

发件人：TURRITOPSISLING@Kmail.com

时间：2035年10月20日0点0分0秒

收件人：Elle.Li2010@Starmail.com

Dear Elle：

这是一封按时间自动发送的邮件，当你看到这封邮件的时候，我的身体应该已经沉入海底，进入生物圈的永恒循环了。你和我，我们所有人，所有生物，最终都会如此。

除了灯塔水母，以及素素。

为了素素——也就是柔柔——我必须去死。警察很快就会发现她的身份是伪造的，然后调查我的过往。他们最终会发现真相，而素素不是成为科学家竞相争夺的试验品，就是曝光在全世界面前，承受世人看怪物的目光，无论哪一种都会毁了她。只有我的死才能中断警方的调查。

你一定会想，这一切不都是我造成的吗，还好意思说什么“为了素素”？

但真相不是你和素素想的那样，你们知道的，只是一半。

三十五年前，我正在国外进行科研，憧憬着将来和心爱的姑娘过上幸福的生活。此时，素素忽然向我提出分手，我无法接受，抛下一切回国。见到素素后，我发现她憔悴了很多，但她坚持要和我分手，我怎么也无法改变她的心意，最后只有黯然离去。但我回到美国后，旋即接到她母亲的电话，得知了比这要可怕十倍的真相。原来，素素得了淋巴癌，发现的时候已经是晚期，根本无药可救了。所以她瞒着我，想和我分手，不要拖累我。这时正好出现了一个富二代在追求素素，素素便拿他出来，作为和我分手的借口。

我知道真相以后，心里只有一个念头，就是要救素素，无论如何都要救素素。你知道癌症的原理，就是细胞发生了变异，疯狂地繁衍自身，无法停下，最后把整个人体的养分都吸光。没有可行的办法遏制这种可怕的疾病。但这时候，我有了一个疯狂的主意。

我正在研究灯塔水母，这种水母在性成熟后能够逆序生长，所有的细胞都发生变化，身体变成一个胞囊，从里面再长出幼态的灯塔水母，重新长大。就这样不断循环，永不会自然死亡。当时我的研究正好有了突破性的进展，找到了控制灯塔水母发生逆向变化的基因。我想，也许这样的力量才能阻止癌细胞的扩散。

我将这些提取出来的基因植入逆转录病毒内，这样它们就可以把灯塔水母的基因带到人体中去。我将一小瓶试剂偷偷带回国内，当时素素已经生命垂危，躺在监护病房里，见到我，她的泪水从眼角一个劲儿地流下来。我告诉她，我一定会设法救她的，我们会一起共度余生。当时素素已经说不出话，只能看着我，就那么温柔，那么深情，那么不舍地看着我，这些年来，那一刻的情景一直在我面前浮现，想到她爱恋的眼神，我为她死了也甘心。

我说服了素素的父母死马当活马医，对她进行了注射。很快出现了柔柔在视频里看到的“结茧”现象，她变成了一个怪异的肉茧。七天后，茧破开了，里面是一个看上去只有四五岁的小女孩。她看上去长得和幼年的素素一样，只是没有了素素的记忆。这就是Karla，她是素素身体重生的产物，只有大脑基本保留下来，但也发生了退化。

至于素素身体其他部分变成的“茧”，里面还有不少人体骨骼和组织，我进行了一些初步的研究，然后偷偷把它埋在荒郊野外。几年后那些骸骨被发现，竟被当成了素素被肢解的身体。这一事件也就成了一起杀人案。

当时我和素素的父母都意识到，必须隐瞒Karla的存在，否则她会成为全世界注意的焦点。我们先把Karla送到了孤儿院，再由素素的父母出面收养。但是这就出现了一个问题，原来的素素活不见人，死不见尸，她那个追求者找不到她，竟愤然报警……我当然成了警方最怀疑的对象，好在那时候我已经回到了国外，警方也无可奈何。后来，我在墨西哥继续进行灯塔水母的研究，但是在哺乳动物身上的研究再也没有成功过。所有被注射了试剂的动物在结茧后都死去了。我怀疑当初是素素的癌细胞与灯塔水母的基因有一种特殊的结合，才产生了神奇的效果，只是这一点再也无法证实了……

但我这几年的研究开发出了一种副产品，一种从灯塔水母体内提取的生物酶制剂，注射后能够让人体细胞富有活力，延年益寿。这种发明虽然比起灯塔水母的真正效果来讲微不足道，但是却可以投入应用。我申请了专利，靠这个赚了好几千万，之后几十年里我和素素衣食无忧，主要就是靠这个。

这些年中，我暗地里跟素素的父母联系，Karla刚刚出世时虽然一无所知，但是还有一些生活和语言的能力，很快可以恢复到四五岁儿童的水平，甚至可以找回一些零碎的记忆。

素素的父母年纪大了，精力不济，而且Karla和素素越来越像，也引起了周围人的议论。我赚到钱后设法安排，把Karla接到了墨西哥，由我照顾。此时的Karla对我来说更接近一个小女儿，我对她的爱发生了变化，却一点没有减少，我发誓要让她幸福。

我以为作为Karla的素素就可以这样一直生活下去，长大成人。但到了十六岁（实际上是十二岁）那年，她又一睡不醒，皮肤粘连在了一起，成了一个“茧”……这证实了我最可怕的猜想，灯塔水母的基因将一直在素素体内起作用，她只要一发育成熟就会返回幼年，这个循环无法破解！

我到了美国，重新开始了研究，设法让素素——现在是Jessica了——摆脱这种状态。十一年前，当她出现重新结茧的征兆时，我就给她注射我新研发的试剂，希望能中止这个过程，并且录下视频进行研究。这就是把柔柔吓坏的那个视频。其实我只是延缓了她返回幼年的进程，但是无法阻止，最后Jessica也不可避免地重生了，变成了柔柔……

Jessica的失踪和柔柔的出现给我造成了一些麻烦，我只好又回到国内。后面的事情，你们都知道了。我通过电脑程序模拟研究灯塔水母的基因发生作用的方式，但是收效甚微。那么多年过去了，我年纪也已经太大了，脑力越来越难进行尖端的研究。我知道自己无法阻止下一次循环，只有放下一切，享受和素素在一起的时光，我们从上帝那里偷来的时光。但十二年后，等下一次循环开始，我就已经太老了，扮演她的父亲也说不通了，那时候该怎么办呢？

好在她遇到了你，这个问题也就无须我再考虑了。

Elle，我知道你是一个好心肠的女孩。我把素素托付给你。她将会在大约半年后开始新一轮的循环，重新成为一个没有记忆也没有身份的幼儿，她自己对此还一无所知。素素的父母早已去世，这一次，你是唯一可以帮助她的人，希望你能当她一直期盼的“妈妈”。我名下还有大约五千万美元的存款、房产和公司股权，在我死后都属于你，归你支配。获取方式在附件里有，你可以拿这些钱充分满足自己的生活所需，相信你也会好好照顾素素的。

我想了很久是否要告诉柔柔真相，但最后决定还是不要说了。当年素素隐瞒了她的病情，宁愿让我恨她也不愿我为她难过，想必心情也是一样的吧。何况，当她再一次沉睡之前，至少也能怀着自己会长大成人，开始正常人生的希望，而当她再一次重生之后，也会忘记了这一切，和你这个“妈妈”无忧无虑地生活在一起。我想，这也是一种幸福吧。

不论以什么形式，只要她能一直幸福下去，就是最好的了。

凌勇绝笔

科学幻想与基因迷宫

宝树专访

采访整理／童明慧

林苡安 / PHOTO

宝树 | 上海最世文化发展有限公司签约作者

北大本硕毕业，"80后"科幻作家代表人物。在《最小说》《科幻世界》《超好看》《知识就是力量》《人民文学》等杂志发表多篇小说，全球华语科幻星云奖、银河奖双料得主。已出版长篇小说《三体X：观想之宙》《时间之墟》《天众龙众·伏地龙》《天众龙众·金翅鸟》，短篇集《古老的地球之歌》《时间狂想故事集》，并有多篇作品被译为英文发表。

《灯塔少女》为什么用日记体这样一种独特的小说体裁，在叙事模式上有哪些特色？

宝树：《灯塔少女》本来的设想是第三人称的，想写普通人遇到一个神秘少女，发现她背后秘密的故事。这样当然也可能写出有趣的故事。但是我总觉得没有完全发掘这个点子的内涵。于是我想到了第一人称的主观视角，如果从当事人自己的角度写会怎么样？发现世界上存在着一种具有奇妙特质的人固然有趣，但如果发现这个人就是自己，就是自己遗忘的过去，那种震撼应该乘以十倍吧！不过从主观视角写也有一些困难，比如说，这个叙述的自己是已经知道这一切，还是不知道呢？如果知道，那不是一开始就露底了吗？如果不知道，那么为什么她要讲述这些呢？所以日记体大概是一个好的选择，让你从平淡无奇的生活琐事切入一个诡谲莫测的生活……最近就有一个很好的先例：S. J. 沃森的《别相信任何人》，日记体运用得很棒。当然，日记的形式也有很多限制，要模拟日记的写法，就得放弃一些文学化的描写手法。

灯塔水母真的可以永生不死吗？小说中凌柔柔保留了前世Jessica的部分记忆，这是灯塔水母本身可以做到的吗？

宝树：可以说是也可以说不是。人生下孩子，但本身的生命还在，将来也会死亡，所以人的生命严格讲并不能通过子女得到延续。但细菌是一个分裂成两个，它的生命直接转移到了两个分裂出来的新细菌身上，所以可以说在分裂时就死了，也可以说是通过后代而活下去，得到永生。灯塔水母有和一般水母一样的“正常”繁殖方式，也有类似细菌的方式，也就是身体发生转变，部分细胞回到幼态，变出一群幼灯塔水母，这在多细胞生命里是独一无二的。可以说是老水母随着小水母的诞生而死去了，也可以说是它在小水母身上活下来了。理论上讲，这个过程是可以无限重复的。小说里利用了这个设定而略加以改造，就成了一个少女不断从幼年到成年又返回幼年的过程。不过水母本身保留记忆恐怕不可能。水母是一种原始的生物，几乎是最原始的动物形态，没有大脑，当然也没有记忆。

《灯塔少女》情节一再反转，每当读者感觉接近真相时，后面的故事又颠覆了之前的设想，增强了故事的悬疑性，你觉得在小说创作中应如何巧妙地设计反转？

宝树：这个大概没什么具体的技巧可以说，要不然反转就太容易了，用一些固定的程式就可以实现。不过一般讲，比较好的反转一定要有伏笔。比如我最近读过一篇小说，里面有一个好人，到了最后，他说其实我是坏蛋，一直伪装好人而已，哈哈哈。这个就很没意思。因为谁都可以这么写。但是前面安排下种种伏笔，读者明明看到却不去细想，反转之后读者才恍然大悟，这就比较有趣。而且这个反转要有意义，给故事一个方向、一种支撑，而不是最后一片黑暗混沌。比如《哈利•波特》里的斯内普教授，一开始谁看了都觉得是个坏人，但最后揭示出来是苦心孤诣的英雄，就很感人。刚才说的故事里，一个大家都喜欢的好人最后发现是个坏蛋，如果没有别的情节平衡，读者看了会很失望。

如何处理跳跃的时间线且不会让读者觉得混乱？

宝树：确实很难。实际上让读者感到某种程度的混乱往往是作者要达到的一种迷离诡异、恍兮惚兮的效果。当然，也不可能混乱到完全无法理解。这里的一个关键因素是读者总是按文本的前后顺序阅读的，也就是按这个顺序汲取信息的。你必须保证这个顺序汲取的信息大部分是可理解的。那么如果是单线顺时间叙事，从因果链的开端到结果，就比较好理解。如果要有跳跃或回溯，中间涉及一些读者不知道的人物事件，读者会感到困难，但是这些小的部分本身应该是自有意义，可以理解的时间断层。比如一部小说，先写一个人十八岁时的故事，再写八十岁时的故事，中间会有很多联系，但也可以看成是一个青年人和一个老年人的故事，最后再以某种方式连接起来，比如再写二十八岁的故事、四十六岁的故事，组成一张更大的拼图。

你幻想的未来世界是什么样的，可以说几个关键元素吗？

宝树：未来世界有很多设想，暂时不考虑世界末日之类的悲观想法，从乐观方面说，首先能源问题会得到解决，比如通过核聚变或者空间太阳能站汲取远远超过今天想象的能量，人类的生活将异常富足。未来也无疑会是人工智能高度发达的世界，人和机器越来越难以区分，电脑会帮我们处理大部分事务，也可能成为我们的朋友；我们也都习惯于虚拟现实，星际旅行的可能越来越渺茫，因为大家在地球上就可以过得很开心了。甚至旅行也很少，因为在虚拟现实里就可以去地球上许多风景名胜了，而且比真实的更好玩。最后可能每个人都在自己的巢穴里住着而应有尽有，当然，人内心的孤独和苦闷也许不会解决，反而会加深。

创作《灯塔少女》的灵感来源是什么，你认为科幻作品是对未来提出一种可能性，还是抱有一种批判态度？

宝树：大部分科幻小说都是关于时空和陌生存在的，比如宇宙航行、时间旅行、外星人入侵等。生物题材的科幻也往往限于生化危机、怪物等方面。我想，从基因这个角度切入关于人类自己的存在可能性也许会更有意思：在我们熟悉的自我背后是一些完全陌生、不可想象的东西。我不太记得在哪里第一次看到灯塔水母的资料，但是看到之后就觉得特别惊艳，特别想写进小说里。这是突破人类想象极限的一种存在，把它和人类熟悉的生活结合起来会非常有趣。

至于说和未来的关系，大部分科幻小说当然并不是直接预言未来，不过如果写未来的故事，那么多少要有一些未来科技进展方面的预期。比如发达的人工智能、新能源、生物基因技术等，也包括一些社会制度和国际关系的演变，确实提出了很多未来的可能性。但是科幻小说中有许多设想也不是严肃的预言，只是一种趣味性的想象，《灯塔少女》就是这样的故事。不过这种趣味性也不是凭空发生的，而是建立在某种广泛的可能基础上。人也许不可能变成灯塔水母，但改造人的基因，令人变得面目全非是完全可能的。对这些可能的狂野的想象，也是一种有意义的思想实验。或者可以说，科幻小说并不特别关心实际上会发生的那个未来，而是着迷于未来的维度中所蕴含的广袤的想象和思考空间。而恰恰是因为这个空间的打开，给真正会发生的未来提供了更多的可能参照。

写科幻小说有给你的生活造成什么影响吗？有没有因为脑洞太大发生趣事？

宝树：你看，我现在是一个科幻小说作家，靠这个吃饭和养家，这个就是影响。当然你问的可能是对生活方式的影响。我觉得最好不要给自己贴标签，我是科幻小说作家，这个反映在作品上就行了。不是说我卧室里一定要贴张《星球大战》的海报，或者买一个机器人放着。但是，我作为科幻爱好者，也的确有一些自发的兴趣，比如喜欢观星，比如喜欢去动物园研究各种动物的形态和生活。不过，可能恰恰是因为我是写科幻小说的，对一些看上去很科幻的传说，比如哪里发现外星人了、什么地方出现史前生物了，往往比一般人还不容易相信。因为研究得比较深入，也就更容易发现其中的破绽。所以，如果有人跟我聊这些，我会很煞风景地跟他们说：都是假的。

可以推荐一些科幻作品给读者吗？

宝树：可以推荐的科幻小说很多，比较经典的（如阿西莫夫《基地》系列）和现在最流行的（如《三体》系列）就不说了。最近出的作品，可以看菲利普·瑞弗的《掠食城市》，会移动的城市之间相互交战和吞噬的故事；科林的《边缘人：暗战》，一个把人身权利当成股票出售的怪异社会；贝丝·里维斯的《上帝之速》，两个少男少女在一艘城市级宇宙飞船中的冒险；贵志祐介的《来自新世界》，一个神奇瑰丽又令人毛骨悚然的未来……其他还有很多很多，希望大家一起到科幻的世界里来感受一下！Ⓣ

小说剧场

我们生活在一个科技飞速发展的时代，
信息技术日益渗透于我们的生活当中，
它在改变生活方式的同时也加剧着人的“异化”……

异化一词源自希腊文allotriŏsis，意为分离、疏远、陌生化。黑格尔则用“异化”来说明主体与客体的分裂、对立，并提出人的异化。
在这里，我们以“异化”为主题，讲述一则则从现实出发又到达异化之境的故事。它可能是心灵绝境下的孤独怪物，也可能是世界末日前的时空扭转，它或是基因改造下的为爱重生，又或许是冰冷机器的意识觉醒……总之，它预示着在现实生活中，异化正在发生或即将来临……

〉〉〉〉欢迎来到异化的世界〈〈〈〈

『灵魂异化』

Page 040《虎爷》吴明益

真相虚虚实实，是虎爷上身，还是极相似的模仿？一次舞狮活动中离奇的经历，一段无法考证的模糊记忆，以小说承续了民俗文化在时代中的温度和延续。

『社会异化』

Page 058《咀嚼》阿缺

扭曲变形的人类器官是真如政府宣扬的那般正面积极，还是为了安抚民心做出的虚假舆论？导致人体异化的原因是高速社会下的突发进化，还是无处不在的环境污染，抑或其他……

『情感异化』

Page 080《漠里拾荒人》赵咏真

当冷漠形成习惯，人与人之间的隔阂，如绿洲严防荒漠。每一个情感受伤被驱逐流放的“失心人”，都捂着破碎的疮口踽踽独行，我们究竟还能从何处寻找理解的光亮……

年年 / Illustration

『城市异化』

Page 090 《捏脸师》 吴霜

核冬天来临，人类生活在掩体之下，沉迷于虚拟游戏，寻求精神安慰。面对日益匮乏的物资和神明混沌的启示，人类会选择继续沉沦还是自我拯救？

『道德异化』

Page 112 《熔炉玛丽》 迟卉

当冰冷的机器人开始拥有思想的温度，我们是否还能将其当作工具，随意破坏、丢弃，甚至摧毁，人类的良知与道德再一次遭受严峻拷问。

『感知异化』

Page 130 《赵师傅》 张冉

一秒万年，在自我世界里超速奔跑，一次又一次到达时间的尽头，这是白日呓语，还是不可为人所理解的孤独？

『身体异化』

Page 162 《我成为怪物那天》 梦人

她哀伤地成了一只不折不扣的怪物，茫茫天地只剩她一个人，她为此幸福，又为此落寞，她像人类一样哭了。

hewei / Illustration

虎爷

吴明益 / Text

事情发生在1994年，我第一次在军队里过年的时候。千真万确，我亲眼所见。你按下录音键，将那个蛀牙般的收音孔朝向我，把我的话语声响咻咻吸进去。研究室是浅黄绿色的，映得你眼瞳也闪着油彩似的碧光。

近二十年不见，你已经是民俗研究这个圈子里的新锐学者，不再是那个整天穿着一双塑料拖鞋，脚背总是在玩踩脚时被踩得瘀伤累累的男孩。你梳了个西装头，像某个政党的发言人一样，发胶用得太多。

而那个和你比赛吐口水的我，现在竟伪装斯文地写一些卖不出去的小说。只是，如果没有那篇小说，你断不会打电话找我，也许，你是在看到我的名字很久以后，才想起我的吧？哦，那个喜欢在公厕里画画的家伙！我认识的也是二十年前的你，那个一百二十公分，曾经和我一起竖着毛孔感受风向以便在瞬间将口水吐往对面第一百货的小男生，此刻看着你烫得挺直的灰色名牌衬衫，觉得你像初次踏进的城市一样陌生。

鼓声与引擎将车上的人包裹在一个像随处都在崩裂的世界里。

车行至此，街灯消失了。我深呼吸了几口，那夜的气味稍稍稀释了麻醉我视觉听觉的酒精，而使耳目的功能有点苏醒。引擎声中夹杂着几声响屁似的音爆，这让我想起了鞭炮，想起了今夜是除夕夜。

突然，所有的人像放在平底锅里的炒羊肉，往上震了一下，以致几乎各自换了扶住发财车边缘的姿势与方位。干！红龟仔肯定是放了最大喉咙来催逼出那声干，有力强悍地随着猎猎风声传过来。阿伟、阿钦、猴仔、倪同与志铭则配合鼓声和了那个短促的干声。

也因为这个震动，大伙似乎才注意到一旁屏仔屈膝顶住头，双手环住小腿，几乎将脸靠到生殖器上了。

干伊娘，屏仔，两三杯绍兴就袂挡①的啰？猴仔踢了他一脚。

屏仔抬起头来，用那双浊黄眼白多于黑色眼瞳的眼，往远处看。那瞳仁如此细小，细小到你不相信能容纳什么有形体的影像进去。

鼓不要打啦，屏仔对着不断往后的远方说。我们几个人对看了一眼，屏仔说，不要打啦，听到了没有，不要打啦。

杨志屏是屏东人。在洞两这梯②的一般兵里，屏仔是挺不起眼的一个。洞两

---

① 袂挡：闽南语“不行”“撑不住”的意思。

② 洞两：数字“0123456789”在军队中为了方便识别，可念成“洞么两叁肆伍六拐八钩”，洞两等于02。梯：为梯次，一年中有数个入伍的时间段，以数字梯次做区分。

的猴仔、红龟、大头仔过去在外头都有前科，他们的资料都被锁在辅仔[①]房间的档案箱里，而我每个月要帮辅仔替他们各写一篇辅导记录，编写的是一些不存在的对话。这些对话一再重复，于是我常将8月份红龟的辅导记录抄到11月猴仔的上头，或者是把2月份大头的拆成两份，一份给3月的猴仔、一份给3月的红龟。猴仔和红龟都是真正混过的，所以称为"列管人员"。猴仔的右大腿有一个像小笼包尖头似的痂疤，据他说从那里深处的肌腱曾经取出一颗热腾腾的弹头，他喜欢在洗澡时展示给我们看。红龟在猴仔的眼里则是"俗辣"，因为他是窃盗入狱。红龟曾在我们面前表演一招十秒开车绝技，实验对象就是营长的克莱斯勒吉普。当克莱斯勒的中控锁"咔嗒"一声跳起来的时候，红龟脸上的青春痘会同时充血，发出兴奋的油光。

屏仔并没有前科，只有刺青。我曾经在东港和屏仔在同一个大澡堂洗过澡。刺这个啥小[②]？雷公啦。屏仔说，这仙雷公，是跳八家将那时候，朋友拖去找一个姓陈的，有名的师傅刺的。它总是和屏仔背对背行走，随着肌肉的运动舞弄着雷公锤。那是一仙雷公，当你直视它时，会隐隐觉得有暴雷从某处传出。

春节的前三周，屏仔忽然到寝室找我。有点兴奋地问：要弄狮吗？

弄狮？弄狮？你是说按呢[③]哦？我用双手在面前摆出一个舞狮的姿势。他点点头。弄恁老师[④]咧，又不会，我说。

不会，我教你，很简单。啤酒的气味从他咧开的嘴流了出来。连仔说的啦，现在连上很多东西要修理，福利金又不够，营部不是要建KTV吗？集用场不是要买修车工具吗？没有钱怎么建？所以要我找一些人，过年出去舞狮，赚一笔回来。连仔说会给我们福利，几天荣誉假跑不掉，过年也可以轮休，还有红包。

坦白说，舞狮对我这个白斩鸡来讲，虽然困难，但我胸中的好奇心被勾动，反倒感到是新鲜的诱惑。

---

① 文中"辅仔""连仔"指辅导长和连长。

② 啥小：台湾俗语。意思是"干什么""什么意思"，是比较粗俗的说法。

③ 按呢：闽南语"这样"。

④ 恁老师：是台湾年轻人流行的一句脏话。

还有谁?

菜鸟仔阿伟、你同梯的志大、猴仔、红龟仔、倪同、我、志铭和阿钦。

那是一头上银漆、颧骨突出、眼眶深陷、上吊的瞳孔近似喇叭锁大小的银狮头。狮头里架着两根直棍,是用手控制狮头的机关所在。舞狮可不是抓着凭蛮力随便左右瞎晃乱摇,屏仔说,简单的基本动作是画一个横的8字形,然后这样。他边说边舞,在狮头旋到左方时用力甩出一个顿点,狮耳绑的铃铛因此当当碎响,鬃须怒张。再一旋臂,狮头左右摇摆、左顾快右盼缓,这时狮头的动作变得极缓极缓,在动作将要停顿的那一秒钟,又急速运动起来。屏仔说,舞狮头的人背要低,手要活,脚步要灵虚中带着劲道,狮头要压,让八卦朝前。他把狮身绑在身上,手里的那狮头一瞪过来,空气好像在一瞬间被挤压到我的身上一样。

真看不出来屏仔有这一手。

以前教我的那个师兄说啊,北狮学狗,南狮学猫,所以只要想象猫的动作神态,就能够琢磨个大概。屏仔指着上星期猴仔在林子里捉到的一头果子狸,玩笑似的说:不然看果子狸的动作也行。

果子狸被关在前营长养的小黄的狗笼里,那笼子打从小黄死了以后就一直空在那里。我们拿中午吃不完的水果喂它,果子狸虽然瞪着天真的溜溜大眼,却会在你手伸过去开门放食物的瞬间扑上来,果子狸的牙据说能一口咬碎眼镜蛇的头骨。它野得很,有时撞得鼻心出血,还继续猛撞。盯着它那荔枝籽般的大眼看的时候,你会发现那黑得要命的眼能穿透你的身体,像正转着某种神秘的念头似的。喜欢看霹雳木偶戏的倪同,叫它七彩霹雳鸡巴狸。

那狮头面具在屏仔的手上长出了柔软灵活的颈骨,但阿伟一舞,就僵硬得像是中风。你舞这个什么东西,好像机器狮一样,妈的,机器狮小贱伟。手放软,手放软。干,叫你手放软不是就没有劲啊,白痴,你半身不遂啊。屏仔几乎失去耐性。

练狮头除了手劲，还得踩步。阿伟和志大走了几次，总是手脚不能协调，或是与狮尾同手同脚。干！是按怎[①]我弄就跛脚？志大也有点泄气了。

屏仔灵机一动，拿了几块红砖头铺在地上，写上号码。说，照号码踩，狮头出左脚狮尾就出右脚。

果子狸在那三尺见方的笼子里头，不断地以不可思议的速度左右走动着，额上至鼻头的那撮白毛几乎都磨秃了，露出粉红色的皮肤来。

那应该是一头头上顶着八卦的开口狮，是吧？你们舞的那叫开口狮。台湾舞的狮大概分了四种：开口狮、闭口狮、醒狮、北方狮。开口狮，又叫作究究狮，多半有拜神、咬脚、睡狮、翻背、过桥、探井、采水果、七星、八卦等动作。狮阵拜神应该先拜石狮，先右后左，然后再走中门。到中门时要看门联，一样先右后左，跨门槛而入，神前三跪九叩，狮头朝神，俯身退出。这是因为狮子神格较低的缘故。

原来如此。我们只学了简单一点的七星、咬脚、拜神的动作，原来还有这么多。神格较低，是啊，屏仔曾经说过，狮是坐骑，怎敢在庙里抬头？屏仔的咬脚与咬尾都做得好，七星踏得也很有气势，只是当狮尾的阿伟总是弯不下腰，所以看起来比较像骆驼。

你说，其实，舞狮也是一种武功的基础训练，腿功要扎实，步法要沉稳中带有猫科动物的虚灵与敏捷，而舞狮头的手部动作更讲求柔（你手画着横8字）刚（你抖出一个有力的顿点）并济的道理。

你那苍白的手上实在没一点手劲，如果不示范还好。我心里想。

这么说来，屏仔也算是练家子啰？

其实，屏仔的身材，比我还要排骨，超排骨，琵琶骨从后面看来还往上突起。屏仔本是要我当狮尾的，因为我个子小，俯身比较容易。但倪同要我跟他学

---

① 按怎：怎么。

鼓，他说看我的脸，就知道是适合打鼓的。我一直以为倪同只是会陪连仔摸麻将的家伙，没想到他打起鼓，脸色便庄严起来。咚——隆咚咚——咚咚咚咚隆咚咚，如果你在场的话，一定会听到自己血管里血液高速流动应和着鼓音的轰轰轰——轰轰轰。

我原本以为自己节奏感很好，但每回“过鼓”，那两根棒槌就互绊手脚，毫无默契。倪同怨自己看走眼了，坐在一旁闷着抽烟。我在屏仔教阿伟狮头的空当，百无聊赖地举起狮头试舞了一趟。没想到屏仔叫了起来，就是这样，就是这样，像阿贵按呢弄就对啦。于是，我便改练狮头了。

我们在一些小村庄受到异常热烈的欢迎，可能是现在连乡下都少有狮阵在年节舞狮讨吉利了，这头由几个门外汉凑成的狮阵虽不成样，却给了小镇民众旧时的年节想象。有一晚，我们在一个小村庄耽搁了近四小时，有人家特意将红包粘贴在门楣上，屏仔便骑在阿伟的身上，用狮口将红包咬下；红包放在地上，便要腿打直、身伏低，同时又让狮头不“死”，腰可就累了。几乎每户人家都准备了鞭炮，我和屏仔、志大、阿伟交替舞着狮头，志铭有时也会来接，压炮、冲炮，身上的衣服都被烧出数十个焦黑的孔洞，蜂炮声在耳膜钻进钻出，鼓声的节奏拉着我们的四肢舞动，在低温里汗被逼出来，把空气弄得潮湿而带着咸味。仿佛进入一种恍惚的状态，我不自觉地跟着无意识无目的地大声吆喝、踏着七星步，在硝烟里灵魂进入那头神兽的躯体，摇晃着自己和它的脑袋。

过年前就挣了十几万，除夕夜自然丰盛。那是我第一次尝试将绍兴酒、啤酒与营长特赐的大陆董公酒一起喝，那感觉像是突然间被人打了一棍。舞狮的同伴坐一桌，我们穿着炸满破洞的运动服，喝到脸轮廓都变形。如果不是志大提醒我，我是不会注意到屏仔特别地沉默，他静静地夹着菜，当我们敬他酒时，他便举杯一饮而尽，放下杯子时，竟然像放到地毯上一样没有发出一点撞击声。

屏仔如此安静，如此安静，安静得像是声带的电源被关掉了一样。

也许屏仔的状况，就是从那时候开始的。我说。

他有没有眼神飘忽，作呕，肢体僵硬、颤抖的状况？

没有，只是非常安静，很安静。问了话也不搭理，平常，他话算蛮多的。

吃完年夜饭你们就出去舞了？

是啊，大家喝得有点醉了，我正想抓个兔子①的时候，连长来敬酒。那猪头说：等下吃饱，还有一个工厂要去舞。我们吓了一跳。

猴仔说：连仔，除夕呢，稍休困咧啦。大家拢醉啰啦，按怎弄嘛。②可那木材工厂老板，是连长认识的。因为去年生意不太好，早上这朋友打电话和他聊天时，听他提起连上有一个狮团，便想到可以带舞狮团去去霉气。连长一再地说，这红包一定是很大包的啦，不舞可惜。舞完就回来，不绕到别的地方。我们在连仔的催促下上了发财车，每个人都是一肚子大便。这猪头，本来说年假我们可以照休的，后来又说要掌握这几天多捞一点，于是舞狮的人就禁假了，没想到大年夜还要舞。屏仔曾经跟我说他大年夜一定要放假，还跟连长大声了几句，但是舞狮团没有屏仔还搞什么？唉，我们那猪头连长，平常看起来蛮好讲话的，但一旦他决定的事就很难说动他改，反正那个情况，我们不舞是不行的啦。

哦，对了，连仔为了让狮阵看起来体面一点，叫阿钦将借来与狮头一同供奉的头旗也请了出来。

头旗？你小说里面没写到有请头旗。

是啊，觉得是枝微末节，就把它删掉了。很多细节其实没写进去，有的是忘了，现在又想起来，当时考虑和小说的节奏不符。对，没错，那天我们是请了头旗的，出发前还上了香。

头旗上面，据说都是有天兵天将的啊，没事干吗请头旗呢？

香烟扭缠、绞转成几股蛇状，攀着鼓声徐徐蠕动。我们轮流上香，志铭上前三拜，拔起头旗。

“你不是说只要出狮，鼓就要一直打，香就不能断。何况请头旗出来，还不

① 抓个兔子：喝酒后刻意用手指或其他方式让自己呕吐。

② 有点困啦，大家都醉了，还怎么舞嘛。

打鼓？”志铭反驳屏仔。

“叫你不要打就不要打，我人不爽快啦。”看来屏仔是真不舒服，他的脸已经从喝完酒时的带血牛肉转为死猪肉色，又转成茭白笋的青白。他看着我时，瞳孔不断往上滑。天空被一层一层灰黑厚云盖上，月既不是发光体也不是反光体，而是整张泼墨中浅浅的凹洞。云以一种奇异的快速，像一群巨人舞动着巨大的黑灰色旗子，啪啪甩动。每阵风都像让我们躺在冰过的铁皮上一样，吹动两旁的芒草时，发出像用手指弹动锡箔纸一般噼里啪啦的声音。我和志大躲在狮子下避风。

发财车转进一条和车身等宽的小道，两侧是休耕中的水稻田，就像开在墨色的大海上。水田反射车灯的余光，那墨色上头泛着蓝、绿、暗橙色，就好像笔洗筒里混杂了多种色泽的脏水一样。

到了。那是一幢铁皮屋盖成的木材加工工厂，厂旁有一株巨大的雀榕，几乎远比厂房来得巨大。我从来没有看过树冠那么宽广的雀榕，像是花一辈子都不可能走出它的枝叶一样。

伊娘咧，这么大间。猴仔抱怨着，事实上他只负责点香放炮，连仔完全是怕他待在连上出事才把他随身携带在旁边的。

倪同从志铭手上接过鼓棒，咚——隆咚咚——咚咚咚咚隆咚咚——咚——隆咚咚——咚咚咚咚隆咚咚——地闷着头催了起来。身材壮硕的志铭适合舞头旗，阿伟做狮尾，谁舞狮头？这种阵仗，想是要交给屏仔了。

屏仔，你来。连仔开口。

不要。屏仔呕了一下，肩胛便朝上画了一个半圆弧，几乎要高过他的头顶。不要。

你不要弄？谁弄？

我不要，反正我就是不要。

不要全部相信，也不要不相信。你说，这是废话吧，但做这类研究做久了，觉得很多事又像巧合，又像真的有某种力量在操纵着。你说，有太多例子了，太多例子了。民间传说跳钟馗的人在上装以后是不能讲话的，因为一讲话，“鬼”

就知道这钟馗是假的、人扮的，便会趁隙索走这个假钟馗的命。有几个案例，说不上证明，但是真有其事，真有其事。比如说一个在新竹跳钟馗的林先生，小女儿在他上装时喊他爸，他应了一声，那天跳的时候踏了几个错步，隔天突然心脏麻痹死去。你说，那林先生是有名的民俗演出者，正值壮年。

神秘的力量，还是巧合？你的眼睛里出现了难以言喻的青碧光彩，你说，很多事是在某些情境下才会发生的，当组成情境的元素在不知不觉中凑齐了，事情就发生了。而我们研究，就是归纳这些发生的事的类型与状况，找出一个能说服别人和自己的理由或发生的条件出来。

像电影里头插一些科学仪器在这些人身上，然后再测量脑电波、呼吸频率、血压、体温这些生理变化，你说其实是行不通的，或者说，很有限的。谁知道，那神秘的力量会不会在测试时将自己隐藏起来？

你说，当你看到这篇小说的时候，就印象所及（仅及到我搬到永和的十三岁之前），至少相信我是忠实的旁观记录者。

你问，这故事是真的吗？

真的，真的，是真的，可惜那天我没背着相机。这事的本末或许在写作时有部分的裁剪或调整，但发生的过程，由于我全都亲眼所见，却是半点不假。那时我们营区就在高雄冈山，而那木材工厂，就在弥陀乡附近。

那间看来有数百坪的厂房里，空中到处飘动着木材被锯开的气味，让我极想打喷嚏。从狮嘴里看着志铭舞着头旗走在前头，一面算计着步伐，偶尔做出咬咬家具门墙的动作，这动作意味着狮子会将一整年的霉运“咬”掉。为节省体力，我尽量免掉这个动作。

数斤重的狮头在几分钟后变成数十斤、数百斤。汗从每一个可以钻出皮肤的孔洞溢出，眼睛被汗盐刺得疼痛而模糊，腿侧的筋也开始跳动了。

怎么还没人来换手？怎么还没人来换手呢？

我开始担心体力无法让狮头跟上鼓声的节奏感，这念头一起的时候，突然惊觉鼓声消失了。没错。

鼓，声，消，失，了。

狮子在一个无声的木材工厂里，气喘咻咻地向前走着。不，不是真的无声，头旗舞动时，波波波波，阿伟和我因为缺氧而喘着气，步伐从啪啪啪啪，变成沙沙沙沙拖着地，突然失去鼓声的耳朵嗡嗡嗡地鸣叫着。厂主跟在旁边，我不得不继续靠意志撑下去。

厂房的最深处是一张神桌。

神桌上供奉着福德正神。按了例，志铭踩了个步提醒我，头旗微点，意味着礼拜。我也跟着举起狮头，俯身拜了下去，并借机让身体贴在冰凉的地面上获得喘息。就在我从狮子咧开的宽嘴所获得的那个扁平的视野里，我看见一头石兽。

它的眼神，在没有鼓声的厂房里，和我的眼神撞在一起。

那兽两耳招风，眼瞳细长，嘴边画须，爪持令旗，后腿撑立身子，肩背围了条红色绸巾。兽身未上色，保存着像是沉积岩的深黝色泽。面前的小香炉，几撮燃尽的香炷还插在上头。贴着地的我，那瞬间好像有一种错觉，似乎听到了除了自己和阿伟喘息以外的某种细微的声响。不，不是听到，应该说是感到才对，声音透过地面，从我的皮肤传上来，揪住心脏。

下坛将军虎爷①，那石兽我认得。以前跟母亲到庙里见过的。小时候，要远远才看得见神坛上的神像，但虎爷和孩子处在同一个视角上，可以近观。比孩子还小的一只虎，披着可爱的红披风。那一直盯着朝拜者下肢的虎爷，有一双没有瞳仁的眼。

旗一收，志铭踩步做信号，我鼓起余力俯身后退。失去鼓声指引而且逐渐瘫软的双臂，筋脉像是被两个壮汉各扯住一边紧绷欲裂，汗不知道什么时候停了，只觉得头部涨热，手脚冰凉。

妈的，怎么没有人来换手呢？

没有鼓声，没有人来换手，我无力地在偌大的厂房里舞着咧着嘴的狮头。

---

① 虎爷：民间信仰中一种以虎为形象的神祇，被尊称为下坛将军。虎爷最早是山神、土地神或城隍爷的坐骑，后来演变成王爷、妈祖等诸神的坐骑，并有守护地区、村庄、城市与庙境之功能。

到了到了。我仍往后退，有人拍着我的背，说到了，到门口了，可以了，可以了。脚步一软，便撞上后退不及的阿伟。

搞什么啊？放下狮头，我用仅有的余力骂：他妈的，怎么没有人换手？鼓也没打，搞什么？

连长、倪同、志大、阿钦、红龟仔在榕树宽广的树冠四周，稀落地围了个半圆。

半圆里，那兽伏着身子，以一双没有瞳仁的眼，朝向我。

你用那双油彩流动的眼望着我，我问，如果说那种状况是一种极肖似的模拟，有没有可能？

当然可能。你说，很多乩身[①]其实并无法随时召唤神灵，甚至有时是凭借自己丰富的经验去模拟起乩的状态。即使亲眼所见，或持有录像带，其实也没办法肯定眼前或在那磁带中的影像便是真实发生的事。因为经验丰富的乩身，似乎有能力自我催眠进入某种状态，而化成另一个人的声音、想法、动作与神态。在那种状态下，我们没有任何工具或方法可以检视，只有凭直觉和一些线索去猜。至于为什么要模拟，就有很多种可能了。

那真令人着迷呀！

我面对一双没有瞳仁的眼，一双白色的眼。那种白色不是纯白，也不是无色，而是像某种呕吐物一样混杂许多食物的混浊的白。

这是什么？没人理我。它臂曲指张、后腿蛙踞，涎沫随着吼声流满脸颊。指曲成爪，刨土再刨土再刨土再刨土再深深地刨土。血从裂开的皮肤徐徐流出，和刨起的土搅拌着。它的前臂肌肉像拥有独立的生命自顾自地跳动，好像要有什么

① 乩身：亦是灵媒的一种，由鬼神附身到人的身上，以预言祸福，展示威力，是道教仪式中，神明跟人或鬼魂跟人之间的媒介。

物事穿肤而出。地上青筋暴露的榕根里走出的一张人脸，眼窝处正是被它刨出的深逾指长、肩宽的土洼。我觉得自己指尖被一千万只红蚂蚁的蚁酸腐蚀着，皮肤像被用力地以玻璃碎片抹过一样刺痛着。别看我，拜托，别看我。

虎爷！我听见猴仔说，是虎爷！

猴仔从一开始舞狮便到后头拉屎，出现的时候他显然是在场唯一魂魄尚在的。他对厂主说，你这里有生鱼或是生鸡卵没有？

有鸡卵，有鸡卵，厂主手握着拳点着头。现在怎么办，现在怎么办？

阿钦去拿来！

那段时间，我心里想屏仔会不会突然扑过来，然后钻入一旁的草丛逃逸。如果真的这样，那我们该怎么办？是追捕他，还是任他走？问题是，如果我挡他，他会不会扑到我身上撕咬？那两枚退化的犬齿，还有没有能力刺穿我的咽喉？

这时它的白色眼瞳开始浮出蠕动的红虫，嘴唇上翻，露出发黄的齿。它不耐了。猴仔跟我们说，不要紧，虎爷讨吃，吃了生鸡卵就好了。一面回头张望，干伊娘，这个阿钦动作真正慢。

虎爷，猴仔说，是虎爷讨吃啦。

屏仔，不，虎爷的咆哮使我感到月光熄灭了一秒钟，他后腿抵住老榕，腰部低伏，筋脉鼓胀，耳颊涨红。喉结如鼠，滚滑在青白的脖子上，那吼声不大，刮起的风却像摇晃纸屑般摇晃着我们的影子。我的身体变重，脑袋变轻，像被放开的气球，意识发出咻咻咻咻的声音抢着离开身体。

别问我其他人的情形，别问我。

月光勉强又亮起来的时候，阿钦终于捧着鸡蛋出现了。鸡蛋不安分地在浅碟里滚来动去，我可以理解阿钦的肌肉为什么控制不了这小东西。盘子里的鸡蛋旋跌出那个圆形的那一瞬间，虎爷扬起左爪，将一枚鸡蛋拨进那张长年嚼食槟榔导致泛着猪肝色的嘴——屏仔的嘴。咔嗞咔嗞，卡汁卡汁，数条鼻涕状的黏稠汁液，从虎爷的颊上，滴垂到地上。咔啦咔啦，虎爷像嚼着虾味先般嚼着蛋壳，偶尔用那双眼白瞄瞄我们。

那条长满舌苔的舌，从被地上尖碎的石子割裂，而肿成赭色香肠般的唇伸出，珍重地舔食流溅到树根旁石砾上、渗在泥土中的残余蛋汁。它像享受完美食的猫一样舔着手掌，墨红色的血缓慢地从指甲缝里渗出，与蛋汁混成一种难以形容的流质，它再伸出舌，珍重地将那混合汁液舔入。

我觉得皮肤湿黏不堪。

过了一会儿，虎爷的眼皮垂得只剩一线。而饱嗝声愈来愈大，愈来愈大，如一头巨大的牛蛙，咯！咯！咯！突地后仰翻了过去。

屏仔躺在树下，像熟睡的婴孩虾曲着腿。

他把蛋壳吞下去，这是我亲眼所见的事。猴仔把阿钦骂了一顿，他说他的意思其实是要把蛋打开的。但那时谁听得懂啊，阿钦一蹲下，虎爷就扑上来了，吓都吓死了，哪还顾到这些？猴仔玩笑地说，那种状况下，即使给他铁钉吃，也会吞下去。我们说好，哪一天虎爷又上屏仔，就真喂铁钉给他吃，录下来，卖给电视台。

你珍重地收起了录音带，将手写的笔记夹在一个真皮方形笔记包里头。你说：谢谢你今天告诉我这个奇妙的经历，这个田野资料虽然不是第一手的，但极为可靠，一定会成为我写论文的重要案例。

我的这篇小说会成为你论文里的案例？

不，不。是今天的访问，你的叙述。你沉默了一会儿，说：还有，我也想访问屏仔跟猴仔。你手边有他们的联络方式吗？

猴仔？这家伙一直逃兵，到我退伍时他都还没退伍，现在我也不知道他在哪里。屏仔退伍时我倒有抄下他的联络电话，他要我退伍以后到屏东时记得找他玩，屏东去了几次，但一次也没有去找屏仔，不知道电话换了没有。

我将屏仔的电话从那本用了十年的电话簿里找出来，对于这组号码能不能找到屏仔，一点信心也没有。

啊，谢谢。你将电话抄在笔记本上，说：你在小说里提到，猴仔跳过三太子？是乩身？

是啊，他说，没正式成为乩身，练过。

嗯。那屏仔后来的行为还有什么奇怪的吗？

没。就像小说里写的，我没有再看过屏仔被上身的情景。他也一直很正常，哦，除了常听他说头晕，说不定是那一下撞坏了。你知道，我其实很铁齿[①]的……人真的很奇怪，那只占了生命里十分钟或是二十分钟的事，想忘都忘不掉。写完后，看杂志登出来的铅字，有一种陌生的感觉，好像不是自己的经历一样。

我们各自在自己的思虑里沉默着。

嗯。这么久没见了，一起吃个饭吧？你说。

不了，我晚上还有事呢。

关上你研究室的门时，突然想起有一回我们带了隔壁的阿珍偷跑到新公园玩到晚上，最后终于被我爸跟你爸抓回来的事。那么远的事了，可是新公园前面的黄灯，到现在还在我的眼前一闪一闪。

与其说我相信趴在地上的屏仔变成了虎爷，不如说我感觉记忆里曾经瞪视着我的那双不是屏仔的眼睛。那轻轻浮浮、浮着一层雾翳的眼，没有瞳仁的眼，借屏仔的肉体盯着我瞧的眼，到底是什么？它像一枚长在我记忆之树身上的树瘤，割了又长，长了再割。有时我甚至弄不清楚，这瘤是我割出了某个伤口才长出来的，还是长出来后我才想去割它，于是它又再次结痂。再割，再结，再割、再割再割再割，像是为了让它再长出来。

是的。屏仔是躺着回营的。而我们，因为年假放了太多人，只好以初一免除早点名补眠为条件，让排长将比较菜的洞六也排进“十十二”[②]这班哨里头去。那就是我和志大。

志大上哨前又喝了瓶啤酒，借酒精安抚他一直跳动的眼珠。菜鸟班长扁头

---

① 铁齿：台湾说法，意思是固执、不信邪、不迷信。

② “十十二”：指晚上十点到十二点的站哨。

则不断打探着屏仔今晚发生的事，我心头空空的，不知道怎么回答。走过营侧门时，习惯性地看了看铁笼。

“七彩霹雳鸡巴狸咧？”

“逃啦。”

“逃了！怎么逃的？”

“还不是么两那个阿发，妈的那个智障上哨时拿了一颗橙子要喂它，结果看它怎么躺在角落一动不动，就在那边摇笼子，还不动。妈的那个智障就把笼子打开，想要看看是怎么回事啊，以为死掉了。结果那只七彩霹雳鸡巴狸就咻一声，突然活过来跑到林子里头了。干！”

“干，白痴，他一定被猴仔捶死。”

站不到十分钟，我的眼前一直出现水果狸黑得没有一点杂质的眼珠。而志大因为酒力发作，靠在铁栅栏睡着了。他将五七枪柄靠在弹匣上，垂下的枪头抵住地面，和他的黑影呈一个三角形。我抬头，天鹅座如一道金色的十字架，把整个阒黑的天空背负起来。除夕训练飞官的机场停止夜飞，整个营区除了遥远营舍的微光，就只有哨所亮着，仿佛世界只剩下这么小一块。

黑暗中，我感到有人的气息，正对着哨所走来。

谁！

我！

谁！啪。志大被我的喝声惊醒，五七却一不小心，掉到地上。

走进哨所光圈的人影，是屏仔。干！我和志大松了一口气。

这么晚了要干什么？好一点了吗？

连长让我休息回家。他虚弱地扬了扬手上的假条，初二再回来。他垂着眼，像梦游一样。

噫，我刚刚走过营门怎么看笼子是空的，霹雳狸呢？

逃了。我跟志大回答。

逃了？屏仔掏出烟，用肿得香肠似的嘴唇叼着，点上。烟后头那双眼睛，瞳孔就像是吹胀的气球上绑的结那么小。

烟从他的牙齿缝里跑出来，散到我的眼前散到冰凉的空气中，散到岗哨探照灯下，与发热的探照灯蒸气混在一起，散到天津四的右前方，散到这被遗忘的年迈二高村，散到弥陀这个听起来那么慈悲的小镇，散到海上。散到蹲在土地公桌下的虎爷，和孩子的视线几乎平视的角度之间。那只病恹恹的七彩霹雳鸡巴狸竟然突然活过来，像烟一样在扁头和阿发面前溜走了。我想起台北，爸妈一定像往年一样，直接在店里摆火锅，一面和店员围炉，一面看店，火锅波波波地兴奋地将自己蒸发成烟。

屏仔愣了几秒，喃喃自语，走了啊。他慢慢地跨出哨所的铁链，突出的琵琶骨，像行走的猫一样有节奏地升起落下。在黑暗中我听到他边走边踢着石子，石子像是滚着滚着，掉到水沟里去了。虽然看不清，但可以感到屏仔默默地慢慢地走远。

我略略提高音量喊，“喂，屏仔。我问你啦！虎爷上身的时候，你记得什么吗？我的意思是，你自己知道吗？知道我们在旁边吗？知道是虎爷吗？”

屏仔回过头来，迟疑了几秒钟。

新年快乐！声音像二高村那头响起的爆竹一样响亮。

Luzhan / Illustration

咀嚼

阿缺 / Text

-1-

外面的气温一定超过了四十五摄氏度，但天气预报死活不肯承认。公交车在烈日下晃晃悠悠地前行，车窗旁的建筑被阳光罩住，看上去刺眼又模糊。于是我把目光收回，看到了满车厢黑压压的头。

车厢里的景象更让我难受。

无数张异化过后的脸充斥着这个狭小的空间，突出的眼珠、深陷的下巴，还有分叉的舌头……不只脸，肢体上的畸化也随处可见，我看到一个中年胖子的后脖子处长了两排突出的软骨，紧紧扣着扶杆，任公交车如浪中浮萍一样颠簸，也自岿然不动。

在我的视线里，人群如同一丛枝节横生的树林，乱七八糟地膨胀着。

每一天上班的公交之旅，对我而言都不啻一场噩梦。哦，不对，这不是噩梦，而是活生生的场景。

我的朋友，这是一个异化时代。

好不容易下了公交，热浪猛地袭来，我差点站立不住。我摸了摸额头，坚实的触觉让我放心不少。

阿杰早已经在会场外等着了，见我到场，迎上来说：“你终于来了，等你好久了！你看，程萝都来了。”

程萝在一旁整理仪容。即使在烈日下，她还是美艳无双，被职业装勾勒出了完美身段。不远处的一个男人表面上在低头玩手机，但他右侧太阳穴上多长出的一只眼睛却专注地盯着程萝，嘴角勾出猥琐的笑容。其他男人没有这种异化，只能偶尔偷瞟一眼。

对这些不怀好意的目光，程萝早已见怪不怪。

“发布会快开始了吧？”我收回目光，掏出录音笔、台本和耳麦，“你去拿给程萝。”

“你自己怎么不去？”阿杰怪笑着说。

我踢了下他的屁股，笑骂道：“叫你去，你就去！”

整理妥当后，发布会正好开始。无数摄像机对准发布台，那里，明星作家章冉已经坐好。他没有穿标志性的格子衬衫，而是浑身正装，两手交叠，二十六根手指平放在腿上。他一改往日的随性形象，正襟危坐，看来也极其重视这场新书发布会。

确实，即将发布的《异化调查录》，将会是第一部为这个时代奠定基调的著作。

程萝是这场发布会的主持人，她走上去，职业微笑挂在嘴角。“现在……”她微微躬身，对着麦克风，“发布会正式开始。”

我站在很远的地方，但依稀可以看到，程萝嘴里的两条舌头轻轻跳动。

“……这三年，为了收集异化信息，我的足迹踏遍全球。从布满钢铁的城市，到离天最近的高原；从居住在日渐融化的冰盖上的因纽特人，到永远生活在海上船舱里的巴瑶族人……”随着章冉的话语，他身后的全息屏幕也变换着种种瑰丽奇绝的景色，每张画面中央都有他的身影，“大家都知道，此前我是一名科幻作家，出版过一些还算畅销的小说，上过几次富豪榜，但这三年的调查，花光了我所有积蓄，甚至变卖了房产和车子。可能大家下次见到我，会是在某个天桥底下。”

会场里一阵哄笑，然后是经久不绝的掌声。

待掌声稍稍平息后，他继续说：“很多朋友问我，为什么放弃科幻小说写作，转而做科普调研。我一直没有回答，现在，我终于可以说了——现在，异化时代就是最科幻的年代，我们以前关于未来的种种设想，在真正的现实面前都无力不堪。所以我不再写科幻小说。”

“嘿，我们走着瞧。”程萝俏皮地接口说道，“您的粉丝们肯定不会轻易饶了您。”

“如果他们中有你这么漂亮的姑娘，我会毫不犹豫地食言。”章冉风度翩翩，黑框眼镜后的瞳孔闪闪发光，颌上一撮精心修剪过的胡子让他显得成熟又危险。

“章老师说笑了，您可是有几百万粉丝呢。”玩笑过后，职业素养让程萝迅速拉回话题，“那经过您的研究，这几年爆发式的异化，对我们究竟是好还是坏呢？”

“确实，异化是爆发式的，现在我们每个人的身上都有异化。虽然不像美式漫画里那么令人眼花缭乱，但社会确实发生了巨大变化。”他把手抬起来，两只手掌上各长着的十三根指头像莲花般开合，“我的手指异化成了二十六根，写作的时候，每根指头都按着一个字母键，写作速度比以前快了四倍以上。现场的朋友，异化更是多种多样，比如我身边这位美丽的主持人，她有上下交叠的两条舌头，说话婉转动听，而她的男朋友，想必更加艳福齐天。”

观众们再次大笑起来，还有人吹响了口哨。

程萝也微微红了脸，但那不是羞怯。“章老师您真幽默。”她朝章冉露齿一笑，盈盈大方，“可是我没有男朋友哦……”

口哨声更响了。

我心里突然有点难受，往后靠，倚在墙上。这个发布会顿时索然无味起来，但我不能离开。

章冉轻咳一声，整了整领带，说：“我调查过的异化，按肢体器官来分，有一千四百七十二种类型，而新型异化仍在不断发生。或许就在这个发布会结束之后，我刚刚说的数据就会增加。虽然异化的部位和具体特征千差万别，但每一种，都确确实实地使人类的生活更加便捷。”

全息屏幕上，光影纷乱，令人目不暇接的异化体征快速闪过。

有人手臂长得离谱，垂下来可以碰到地面。这种异化体多为年轻女孩，是为了自拍而产生的。

有人下巴前端凹陷，露出一条小缝隙。这个缝隙可以卡住手机，是低头族的异化。

有人的掌心向手背凹陷，除了食指和中指，其余指头都已退化，整个手掌像是蜗牛。这是白领一族的异化，掌心深陷的地方正好可以罩住鼠标。我身边就有不少人是这种异化。

……

这些幻灯片足足放了十多分钟，大伙儿都看得如痴如醉。进入异化时代以来，虽然有人做过调查，我们电视台也有类似节目，但如此细致如此全面的异化报告还是第一次见到。

“总之，这些异化都是为了更便捷而产生的。”章冉的音调高了起来，“这是自然的选择，是身体对快节奏生活做出的适应和改进，是人类在进化树上爬得更高的铁证！我们的社会因之而更加高效起来！

“最后，请让我引用狄更斯在《双城记》里说的话：这是最好的年代——”

他的声音越来越高昂，在最后一个字上又戛然而止。

现场一片寂静，我也竖着耳朵，等他说完。

“我的演讲结束了。”章冉说。

程萝最先反应过来：“章老师只引用上半句！”

全场掌声雷动。

这是最好的年代。

是吗？我摸摸额头，并不敢肯定这句话是不是对的。

但我可以肯定的是，明天各大门户网站上的新闻头条都会是这七个字。

发布会结束，台里的车终于来了。我总算可以不必挤公交了。

但等了许久，也不见程萝过来。

“怎么回事？”我有些纳闷，“发布会结束了啊。”

阿杰抱着肩膀，斜靠在车窗上，无所谓地说：“结束时我看见她去后台了，应该是去找章冉了。那家伙以前就风流招摇，现在出了这么重磅的作品，嘿，恐怕又有不少女粉丝要倒霉了……”

我默默无言。

“叮。”阿杰的手机响起来。他看了一眼，转身上车，说：“瞧，我说什么吧！程萝说晚上跟章冉一起吃饭，就不跟我们一起回去了。走吧，早点回去还能赶上台里的晚饭。”

我也弯腰上车。太阳正西斜，被车窗过滤后的阳光惨然无力，天边也暗淡。

– 2 –

夜里燥热未散，出租屋像个蒸笼，将我浑身蒸得汗涔涔的。

出了这么多汗，额头上的瘤便有些歪斜。镜子里，我看到它横在两眼中上方，像是隆起的肉丘，中间有几个小孔……它是如此可憎，每天趴在我的脑袋上，像一个臃肿肥胖的寄生虫。

我的同事们都知道，这是我的异化。我告诉他们，肉瘤中间的小孔可以帮助我散热，利于脑袋休息。

“哈哈哈哈。”他们大笑起来，尤其是阿杰，“怎么会有这么鸡肋的异化……”

然而，他们并不知道的是——

我对着镜子，用手按住肉瘤，然后使劲一推。

肉瘤掉在了洗漱台上，弹了几下，而它原本占据的地方，是完好的皮肤。只不过被贴了一天的道具，骤然取下，额头上有点发红。

镜子里，是一张完好的脸，没有多出的器官，没有缺少的部位。

是的，我的朋友，现在你明白了——我不是异化者。

办公室里一片安静，只有偶尔敲击键盘的声音。

我悄悄打开网页，果然，各处头条都是章冉和他的《异化调查录》。据说这套书在发布会开始前就准备了多国版本，全球同步销售，首印量应该不下于五百万……名和利，正迅速涌向这个三十四岁的中年男人。

看着页面上双手抱胸目光深邃的章冉，我叹口气，把页面关掉。

“嗨！”阿杰把头探过来，“你知道吗？下午，章冉要接受台里的专访。”

“章冉现在这么有名，我们这个二流电视台能请动他？”

阿杰笑了笑，笑容有些意味深长：“说你笨，你还不认。你以为昨晚程萝跟章冉吃饭，是为了什么呢？”

“不是仰慕吗？”

“我早就说你太天真了，真不知道你是怎么活下来的。”阿杰摇摇头，“程萝这样的女孩，做一件事不可能没有目的。”

阿杰说得没错，中午刚过，章冉在几个西装革履的保镖的护送下来到了电视台。他冲程萝笑笑，然后在台长的带领下进了采访间。许多同事趴在外面，隔着磨砂玻璃偷听采访的过程。章冉频繁蹦出的连珠妙语，让他们也会心地笑。

采访结束时已经下班了。台里订了酒席，要宴请章冉。照说这种规格的饭局是请不动他这种大明星的，但他与程萝对视一眼，就点头答应了。

才喝了两杯酒，我就感觉一阵眩晕，对面的人影变得模糊起来。

“来来来，章老师。”台长拿起酒杯，敬到章冉面前，说，“现在您的声誉这么高，还来我们这种小电视台接受采访，非常感激！”

“谦虚了，谦虚了，您这单位虽然庙小，但菩萨大。有程小姐这样的优秀主持人，也是我的荣幸。”

“哈哈哈，当初招她进台里，我可是顶住了很大压力啊。现在看来，真是个正确的决定。”

大家都笑着敬酒。喝到一半，有人建议道：“既然章老师对异化有这么深的研究，不如给我们在场的人也看看。我们这些异化，到底好在哪里呢？”

顿时有不少人附和，酒过三巡，章冉也是兴致颇高，二十六根手指头在桌子上敲出一排波浪，便点头说了声：“好。”

他先是看了看台长的后颈，笑着说：“您这后脖子上有一排小孔，闻得到酒精的味道。嘿嘿，恐怕您喝酒的时候，体内的酒精能够顺着这些孔，以蒸气的形态排出体外。您这就是真正的千杯不醉啊！”

台长笑着说：“见笑了，应酬多嘛。”

接下来章冉挨个看其他的异化，有鼠标手的、五官移位的、肢节灵活扭曲的，还有程萝这种双舌头的。他一路调笑，轮到我时，终于皱了皱眉。

“你这个异化有些奇怪啊。”他轻轻按压住我额头上的肉瘤，眼睛眯起，似乎在凝神感知，“抱歉，我还真感觉不出来。”

我连忙告诉他，这是用来给大脑散热的。

他没有说话，又按了几下。我的心揪起来，生怕他一用力，把粘在肉瘤和皮肤之间的胶给扯掉。

好在他始终轻按，然后收回手，若有所思地回到座位上。

我后面还有几个人，但章冉没有再去观察他们的异化。酒桌上的气氛有些尴尬，台长瞪了我一眼，跟章冉敬酒。而章冉像是才回过神来，怔怔地举杯饮尽，什么话都没说。接下来的整个酒席，他都没有再说话。

– 3 –

在梦里，我回忆起异化刚刚发生的那一阵。

经历过最初的恐慌之后，人们纷纷惊讶于身体异化给生活带来的便捷。当时我在一家事业单位上班，同事们的效率全部加快，他们在我周围欢声笑语，互相讲述异化的种种好处。当他们聊完之后，就会围过来，好奇地说：“为什么你一直没有变化呢？全世界的人都变了啊！”这种好奇，一日一日地变成了猜疑，他们开始疏远我。我像一条在河水里孤独前行的鱼，他们游弋在四周，吐着小泡，灰白的眼睛里满是鄙夷。

于是，我从那家单位辞职了。走的那天，我分明听到了他们在办公隔间后吐出的长长气息。

在进入现在工作的电视台前，我订制了一个软塑料肉瘤，质感与软肉相近，贴在额头上。凭这个，我成了一名“异化者”。

三年来，我白天顶着这个肉瘤，夜晚取下。粘住肉瘤的这块皮肤，因长年累月的压抑，已经显得灰白而酥软了，伤疤一般。

梦结束时，我看到了前同事们的眼睛。不是一双，而是铺天盖地的眼睛，灰白、黯淡，一直睁着。它们盯着我，透露出的眼神让我发狂，我逃到哪里都躲不开。最后，我把手里的肉瘤贴在额头上，这些眼睛才次第闭上，世界变得一片黑暗。

这个梦吓得我半夜惊坐，大口喘气，后背被冷汗沁得湿透。

整个白天，办公室的气氛都很微妙。我在办公桌前处理影像素材，感到身后有许多只眼睛看过来，目光犹疑，如有实质，让我脊背发麻。

这种感觉，让我感觉回到了前一家单位的办公室。我摸了摸肉瘤，确定它还在，心里更加困惑了。

疑团在下班时解开了。

大家快走光时，我拉住阿杰，低声问：“今天到底怎么了？一个个都怪怪的，你也是一样。”

阿杰朝四周看了看，见没人注意我们这边，才说：“你怎么搞的，哪里得罪章冉了？”

“得罪章冉？”我摇摇头，“没有啊！”

“那怎么昨天章冉见过你的异化后，就突然没了兴致？我看台长的脸色，对你很不满，现在大家都不敢跟你接触太过了。”

阿杰的话让我十分困惑。我仔细回忆，确定之前跟章冉没有过节，准确地说，昨天之前，章冉压根不知道我这个无名小卒。我怎么会开罪他呢？

出了大厦，我一边思索着，一边走向公交站台。天色渐暗，燥热笼罩，晚风无力得像垂死老人。

路旁停着一辆黑色轿车，我走过去，车窗缓缓滑下，露出一张男人的脸。

“嗨！”

我从思索中回过神来，看向车窗。

“章冉老师？”我十分惊讶，“您怎么在这里？”

“我在等你。”他露出温和的笑容。

“等我？”

章冉点点头：“现在有空吗？我带你去一个地方？”

我满心茫然，但下班后确实没事，只能在空荡荡的出租屋里消磨时间。于是我点点头，坐在副驾驶上，章冉也没说什么，启动车子。

他的二十六根指头扣着方向盘，像两只交合在一起的蜘蛛。

见他没有说话的意思，我也乐得清净，扭头看向窗外。隔着车窗，外面更显得夜色苍茫，街边商铺里灯光亮起，路旁七彩霓虹闪烁。这是个没有夜晚的城市。人类在很多年前就放弃了夜晚。

堵车的时候，我看到路旁走过一群女孩。她们浓妆艳抹、衣着暴露、嬉笑打闹，偶尔抬起能垂到膝盖的手臂，拿着手机拍照。

咔嚓咔嚓，闪光灯下，她们的脸被光染成一片惨白。

我看得出神，等回过神时，章冉的车已经停了。我朝四周看看，发现这里竟是一家六星级酒店，在本市以奢华和昂贵著称。

有侍者来泊车，看到章冉后，尊敬地弯腰：“章老师，您好。”

章冉点头致意，把车钥匙丢给他，转头对我说：“走，我们进去。”

我完全摸不着头脑，只能跟着他走进去，乘电梯到顶层。电梯门开的一瞬间，我被顶层的豪华布置惊呆了——真丝地毯、两排迎宾女孩、水晶吊灯、随处可见的昂贵红酒……

“走吧。”章冉说，“我们去蒸个桑拿。”

“啊？”

“两个男人，蒸蒸桑拿，聊聊天，不是很正常吗？”他语气如常，仿佛在说一件再寻常不过的事情。

但在我看来，这是最离奇的状况——一个名声斐然的作家，突然邀请我这个丢进人群里就看不见的小白领来星级酒店蒸桑拿？

就在我疑惑时，几个穿得上面低下面短的迎宾小姐走过来，满脸笑容地说：“章老师，您又带朋友过来蒸啊？房间已经留好了，我们过去吧。”

听她们的语气，似乎章冉已经是熟客了。确实，这里才符合他这种作家的身份。

但这里看起来也不是危险的地方，我硬着头皮，跟在他们后面。迎宾小姐把我们引进一间贵宾浴室，里面有两个浴池，池里是灰白色的水，池底的气眼不停地鼓泡。章冉挥挥手，迎宾小姐便离开了。

“这里的药浴不错。”章冉背对着我，把衣服脱下来，露出精壮的后背，“你也泡一泡吧。”他把自己脱得赤裸后，走到浴池里，身体被池水浸泡，眼睛闭上。

我站在房间里，备感尴尬。过了一会儿才咬咬牙，也脱下衣服，泡在药浴里。药池气眼是按照人体穴位布置的，水流顶着后背，我舒服得打了个战。

“你在电视台工作了三年，是吗？”章冉突然开口。

“啊？”我愣了愣，“你怎么知道的？”

章冉没回答，顿了顿，又问：“你为什么要从××局辞职呢？据我所知，他们给你的薪水，比现在要高。”

我悚然一惊——××局正是我上一家单位的名称。显然，章冉调查过我。我看向他，但房间里光线幽暗，他的脸看不分明。

一股凉气从后背升起，但池水明明是温热的。

“你……你到底想怎么样？”

“不要紧张，我只是想跟你聊聊。”他的语气似乎带着嘲弄，“对了，你大学学的是工科，毕业时参加了一次比赛，被暗箱操作。据说你的同学都很气愤，但你什么都没有说，就这样毕业，然后进了国企，过了两年稳定的生活。这件事，是真的吗？”

他怎么可能知道！我惊讶得都忘了生气。

“还有，你的女朋友喜欢上了你最好的朋友。你发现后，独自把行李搬出了房子，让他们住？”

我勃然站起，水被带出来，溅得满房间都是。章冉脸上也被淋到了，但他丝毫没有生气，反而睁大眼睛，盯着我的身体。

他的目光不同于往常的冷静和睿智，闪着灼灼的光，看起来竟有些狂热。

我心里一悸，想到了一个可能性——但不对啊，以前听到的，全都是他和女读者或女明星之间的绯闻，没有他是gay的说法啊。

我正犹豫着，章冉也从浴池里站了起来，走到我面前，围着我打量。他嘴里喃喃着什么，很快，我听不清。

我被打量得头皮发麻，猛地拿起一旁的衣物，向门口跑去。这诡异的邀请，我再也忍受不了了。

正要夺门而出时，身后传来了章冉的幽幽话语。

“你果然不是异化者……”

我的手停在门把前，转过头，难以置信地看着章冉。

– 4 –

夜风掠过城市上空。站在酒店楼顶，才感觉吹过来的风不那么燥热。天完全暗了，稀薄的星子在浓雾遮蔽的夜空若隐若现。

“好久都看不到星星了。”章冉仰头看了许久，才喃喃着叹了口气，“以前，人们躺在农田里，一睁眼，能看到数不清的明亮星辰。现在，我们居住在城市里，白天忙碌地工作，夜晚蜷缩在狭小的空间里，休息也只是为了继续第二天庸碌的生活。”

这跟公众面前睿智幽默的章冉，完全是两个人。此时的他，声音和背影里，都透着悲凉的气息。

但我弄不懂他的悲凉，我只想弄清楚，他为什么会知道我不是异化者。

Luzhan / Illustration

“摸一摸你的肉瘤就知道了。”他轻描淡写地说，“用肉瘤的气孔给大脑散热？你想的理由太荒唐了，大脑是精准而脆弱的器官，根本不能通过气孔与外界接触。我请你药浴，是想确认你身体的其他地方有没有异化。”

“呃……”我想反驳，但也知道他说得对，这三年，如果有人认真摸一摸，恐怕也会发现破绽，“你把我带到这里，就是为了揭露我吗？我没有异化，难道就犯法了吗？”

他转过身看着我，脸上的表情似笑非笑：“不，我不打算对你不利。相反，你的出现，是最珍贵的案例。”

“珍贵？”

“是啊，我走遍世界，发现的唯一一例正常身体。”章冉的声音突然高昂起来，“你知道吗？你的存在，将推翻整个《异化调查录》的结论！”

我有些蒙，问：“推翻你的书？”

“是啊！开发布会时，我说异化是为了使人类更适应社会的进化。但根据这些年的各项环境指标，我觉得真正的原因，是核污染、劣质工业用品、混浊空气和逐渐增强的紫外线的共同作用导致了人类的飞速异化。哦，或许无处不在的手机辐射也帮了点忙。”他伸出手，指着绚烂的城市街景——那里，人们正在狂欢，“人类的生活完全变化了，现在的人类，是畸变的物种。”

这番话让我目瞪口呆——这跟他在发布会上说的，截然不同！

“但他们不让我这么说。”章冉又颓然叹了口气，“他们说，既然全世界的人都异化了，那就要让人们接受这种现状。所以，调查手记的结果，是按照人们能够接受的方向去写的。”

“那书里的，都是骗人的？”

章冉点点头，声音沉重。“本来，异化发生后，人人都很恐慌，后来大家适应了，但还需要一个官方的说法来使所有人心安。刚开始是科学家们在电视、报纸和网络里发声，安抚人们，然后，是我的作品作为异化调查的最权威结论，彻底抹平人们对异化的担忧。人的这里——”他点点自己的太阳穴，“是没有主见的，只要有人告诉他异化是好的，他们就会相信，然后心安理得地过下去。而我，就是那个被推到台上来哄骗所有人的人。”

风大了些，章冉的衣袖猎猎鼓荡，但他迎着夜风，表情坚硬得像石头。

“那……”我缩着脖子，问，“那你找我干什么？”

“我原本以为所有人都异化了。既然人们无法醒过来，那我就让人们睡得更香，所以我答应给他们写《异化调查录》——但现在，你的出现改变了一切。你没有异化，是唯一的清醒者。既然有人还在黑夜里发光，那其他人也应该睁开眼睛看看。”说到这里，他猛然停下，目光灼灼地看着我，“我要重写《异化调查录》！”

夜风变大，在高楼间呼啸而过。远方浓云集卷，闪电划落，一场大雨正在酝酿。

回到家后，我辗转难眠。

额头上的灰白痕迹隐隐作痛。

章冉说的每个字都在我耳边回响。沉沉黑夜里，平日里吵得我无法入睡的施工声、鸣笛声和楼下歌舞厅的嘶吼声都消失了，只听得到章冉的话音。而且一个字比一个字重，到了后来，已经犹如惊雷在我耳畔炸响。

帮助章冉写成新的《异化调查录》，会非常危险，因为政府不会让民众陷入恐慌和怀疑。但……但它可以给这个冰冷、机械的世界敲响警钟。

所以，真的可以改……改变世界吗？

从此以后，可以不用戴着肉瘤生活下去吗？

我猛地爬起来，拿起手机，拨通了章冉的号码。

接下来的一个多月，我每天下班后都被章冉接到他的工作室，跟他录语音采访。工作室不大，但处在市中心，租金不菲。里面堆满了书和电脑，乱糟糟地摆放着，我刚开始走进去的时候，都找不到落脚的地方。

章冉很认真，采访完后，他坐在电脑前专心创作，二十六根手指如同舞蹈般在键盘上跳跃点击，文档里的文字流水般涌出。他的时间有限，要赶在公众对调查手记失去关注前写完，因此这阵子便尤其专注。

他写作时，我通常坐在一旁看着，觉得无聊了就回家。走的时候轻轻带上门，留章冉在屋里创作。

这天，我坐电梯下班，电梯门刚要关，一只纤白的手伸进来。电梯门又打开了，于是，我看到了程萝的脸，像一朵花般在电梯后面开放。

她走进来，站在我旁边。我有些不知所措。

“你这几天有点奇怪啊。”程萝突然说，“好像每天下班后你都没有回家？”

“你怎么知道的？”

“有几次想跟你打招呼，你都没看见，就匆匆走了。”

“是吗？”我心里涌起一阵暗喜。

“所以，你是去做了什么呢？“

我犹豫了一下：“暂时还不能跟你说——但是这是一件好事，很快就能出结果了。到时候你会知道的。”

程萝也没有勉强，低头笑了笑，说：“那你今晚有空吗？”

这样的微笑，我没有能力拒绝。

出电梯的时候，我给章冉发了条短信，告诉他我今晚不能去工作室了。他回了个“嗯”，然后问我有什么事情。我说跟程萝一起出去，他立刻打了电话过来，说：“这个女人很不简单，千万不要透露任何跟重写手记有关的事情给她。”

我握着电话，小声说“是”，并再三保证。章冉才挂了电话，不远处，他的车驶离街道，独自回到工作室。

这个过程中，程萝一直低着头。我的声音很小，她应该能感觉到我在避讳她，但她没有表露出什么不满，脸上始终淡淡的——我这才发现，她已经卸了妆，素面朝天，清秀的脸在渐渐沉降的夜色中像一朵久远时代的睡莲。

我们走出大楼。程萝叫了一辆车，在拥堵的车流中缓缓行驶，天完全黑时，我们到了一家清雅的酒吧。

我很少来酒吧，而单独跟程萝一起来，就更是没有过了。我有些局促，程萝却落落大方，坐在了一个靠窗的座位。

“对了，我还没问你喝不喝酒呢。”她俏皮地笑笑，“你要是不能喝酒，可以喝饮料的。”

我讷讷地点头，说：“那就来一点橙汁吧。”

于是，在这家空荡的酒吧里，我喝橙汁，程萝喝红酒。窗外是一棵杨树的顶端，树叶纷繁，在夜风的吹拂下哗啦啦地翻卷着。

这时，程萝才告诉我她的来意。原来她在老家的母亲给她打了电话，说是父亲病重，希望她早些回家。但程萝这阵子工作太忙，无法抽身，只能给家里打了钱。一整天她都心情忧郁，下班了想找个人喝喝酒、聊聊天，诉说一下心事。

但——为什么会找到我呢？我心里想着，见程萝已经有了醉意，便小心翼翼地问出这个问题。

“因为，整个电视台，我只有你这个朋友啊。”她轻声说。

这句话如一记大锤般打在了我心头。明明喝的是橙汁，我却有醺醺然的感觉。

“是吧，谢谢你。”我只能这么回应。

“不知道怎么回事，我觉得你跟其他人是不同的。”她揉了揉太阳穴，“所有人都是异化者，但你好像跟所有人是隔离开的。大家随波逐流，为了钱和利追逐着，你却什么都不关心，那么洒脱……”

她絮絮叨叨地说着，好几次我心头狂跳，以为她发现了我的异化是假的。但她又并没有发现，只是诉说着我的不同——我跟其他人不同吗？我跟所有人一样，在这冰冷的钢铁丛林里生活，蝇营狗苟、庸庸碌碌，跟所有在城市里的工蚁一样。唯一的不同，或许是我性子淡泊，温饱足矣，此外的很多事情都懒得去想。也正因此，我一直是一个人。

这顿酒喝了很长时间，程萝一直在喝，从繁忙的工作说到她的感情状态，原来她最近感到了工作的压力，没有好新闻，在台里很快会受到排挤。而她也一直一个人，很多时候感到城市冰冷生活孤寂。她说话时，嘴里的两条舌头偶尔露出，在昏暗的灯光下，闪着难以言说的诱惑。我有几次不得不喝几口橙汁，来浇灭喉咙里的干渴。

喝到后来，程萝已经完全不胜酒力，趴在桌子上了。

我扶着她，叫车送她回家。她斜倚在车窗上，呼吸均匀，陷入了沉睡。我用她的钥匙开了她的家门，扶她到床上，替她盖上被子。

这个洗去了一身风尘的女人侧躺在床上，几缕发丝落在脸畔，眼睛紧闭，睫毛微微颤动。她喝了太多酒，陷入了沉沉睡眠。希望她明天醒来时，头不会太痛。

我放了一杯水在她床头桌上。走之前，我回头看了她一眼，犹豫一下，小声说："章冉在重写《异化调查录》，很快就会出来了，这会成为大新闻的。这个新闻会给你。"

她依然在沉睡着。

我走出她的家门，关了灯。

– 5 –

第二天下班后，我照例到了章冉的工作室。他埋头敲字，我便在桌子底下找到一本他的长篇小说，叫《以太2》，翻开来看。冷峻阴森的文风一直吸引着我往下读，不知不觉间，已到了半夜。

正当我准备回家时，工作室的门突然被敲响了。

我悚然一惊，章冉正写得投入，第一声时没回过神来。外面的人继续敲，他才停笔，疑惑地看着我。

我摇了摇头。

章冉走到门后，凑在猫眼前看了一眼。他脸色大变，回过头来，用嘴型无声地说了两个字。

警察!

这里是秘密租下来的，怎么会有警察来呢？我正惊疑不定，章冉却冷静地走到电脑前，二十六根指头如暴雨般飞快地按着键盘。电脑的数据正在清空。他拔出U盘，指了指屋子南面的窗户，说："走！"

我打开窗子，夜风一下子灌了进来。敲门声更响了，由敲击变成了冲撞。门撑不了多久。我个子小，很快钻到窗外的小阳台上，顺着阳台，能跳到对面的空调箱上。这显然是准备好了的逃生路径。章冉重写《调查录》之初，就料到了必然不会被允许。

章冉刚探出头来，门就被撞开了。两个身影扑过来，抓住了他的脚。他一手抓着窗沿，一手把U盘递过来："跑！把新《调查录》发到网上！所有人都会记住我！跑啊！"

我接过U盘，使劲跳到对楼的空调箱上，然后蹿进了狭小的楼道。我知道身后有章冉挡着警察，但他挡不了多久。我脑子里一片混乱，唯一的念头就是跑，跑啊跑，不顾一切地跑。

耳边风声簌簌，一切景象都被速度抽离成了光线，不断向身后掠去。我回过神来时，已经跑到了家里。

时间是凌晨两点。万籁俱寂，屋子里只有我的喘息声。

"冷静冷静……"我强迫自己思考。但在我循规蹈矩的生命里，今晚是前所未有的，我花了很长时间才坐下来，开始对今晚的事情进行梳理。然而一切并无头绪。我突然想起章冉最后的嘱托，对，不管怎么样，先把新的《异化调查录》发布在网上吧。

我潦草地看了一遍《调查录》。章冉已经完成得差不多了，重新梳理了异化的种种体征，并以环境恶化为佐证，最后他写道："这无疑是一个悲哀的年代，畸形体征出现在每一个人的身体上，而每个人都在狂欢。当我们把谎言当作安眠剂时，我却要把针头伸到眼前，毫不犹豫地刺破——异化的真正原因并不是趋向便捷的自然进化，而是出于……"

《调查录》到此戛然而止。

想来章冉已经把结论定在了环境恶化上，却没来得及写完。我颤抖着伸出手指，把最后的"环境恶化"这四个字补了上去。

现在，只需要取一个耸人听闻的标题，将《调查录》发到各个门户网站上就可以了。哪怕网络管制，但以章冉的名字，一定会引起轩然大波。

正当我要上传文档时，电话突然响了起来。

是程萝打来的。

我下意识地看了眼天色，正是夜色深沉时，这个点她给我打电话，是从未有过的事情。"喂。"我接通了，问道，"有什么事吗？"

“我可以进来吗？”

“什么？”

程萝的声音从电话里传过来，糯糯的，像是要粘在我耳朵里：“我在你家门外，我可以进来吗？”

我连忙开门，果然一袭连衣裙的她正站在门口。夜风有些凉，她缩着脖子。我把她迎进来，让她坐下。

家里脏乱，我有些窘迫，正要开口时，她先说话了：“章冉被抓进去了，他写的新《调查录》在你手里吗？”

我一愣。

然后便是彻骨寒凉。

——程萝躺在床上，睫毛微微颤动。

——警察破门而入。

这两个画面在我脑海里如电影快镜头一样交替闪现。我有些无力。警察能知道章冉在重写《调查录》，肯定是有人告了密，而唯一泄露出去的人，是我。我向已经“喝醉”的程萝吐露了秘密。不然，此夜未逝，她不可能这么快知道章冉被抓，并且新《调查录》没被搜到。

“为什么？”我看着这张美艳而焦急的脸，喃喃问道，“你不是章冉的崇拜者吗，为什么要出卖他……”

程萝一怔，也不再隐瞒，说：“哪有什么为什么，我有了章冉的《调查录》，做新闻时可以长线爆料，至少走红好几个月。章冉不是想让他的《调查录》被人看到吗，正好可以放新闻台啊。”

“那既然这样，你可以直接跟章冉说，为什么要出卖他呢？”

程萝撇嘴一笑，脸上的笑容被灯光浸染得昏黄，说：“我一个地方台的小主持人，逢场作戏可以玩玩，上个床他也乐意，但他心底里多瞧不起我，难道你不知道吗？要爆料的话，他肯定会选择更大的平台，这种机会，根本轮不到我。”

我想反驳，但想了半天，一句话都说不出口。的确，在章冉的眼里，程萝算不上什么。但听到程萝直言他们发生了关系，我心里又有一种奇怪的感觉，不是痛，也不是愤怒，而是——

痒？

这种痒在我的额头和心里同时泛起，我想挠，但无从下手。

“但你会帮我的，是不是？”程萝见我不说话，继续道，“你对我最好了，你肯定愿意把《调查录》给我。那天你说过，这个新闻会是我的，你不能骗我啊。”

我后退一步，说：“但你也不能……不能害章冉被抓进去啊。”

“你以为章冉是什么好人吗？他还不是为了出名！他跟我一样，只是方式不同而已，我们每个人都是相同的。”她说着，舌头在嘴里跳动，昏黄的灯光晕染着舌尖，有一种难以言说的诱惑，“你也一样啊，没有人是无欲无求的。我知道你一直想得到我，从你的眼睛里我可以看出来。”

“不……”我靠在墙上，有些喘息。见鬼，额头上的痒越来越明显，像是有虫子在往肉瘤里钻。

程萝站起来，走到我身前。她的身影在我的视线里放大，她的眼睛妩媚，鼻梁像山脊一样，秀唇微抿，再往下，是两道柔软的隆起的曲线。她离我如此之近，以至于我能看到她锁骨上淡淡的青色血管。

“你……”我感到口干舌燥，喉咙里像冒火了一样，说不出完整的话。

“来吧，只要把《调查录》给我，你就可以得到我……”她轻轻踮起脚，声如呢喃，一阵香味弥漫。我还没反应过来，两片嘴唇已经贴在了我的嘴上。

我感到一阵眩晕。

程萝走了，带走了U盘。

我赤裸着躺在床上，脑袋里回忆着刚才的画面，犹在梦中。原来，这滋味如此美妙。以前我总希望别人不会注意到我，总是在他人视线的死角里低头行走，现在想来，真是错得离谱啊。人人都在追逐，所有人都想成为别人的关注点。

章冉注意到我，所以我有机会接触到新《调查录》；程萝注意到我，所以我才能享受她的肉体。原来他们一直追求的，是这种感觉。

我盯着天花板，半晌，嘿嘿笑了起来。

这时，额头上又痒了起来。刚才太过激烈，我都忘了取下这个肉瘤了。我坐起来，看着镜子。镜子里有一张心满意足的脸，额头中心粘着一个肉瘤。我伸手去挤这个肉瘤，想把它摘下来。

但今天，这个肉瘤比以往任何一天粘得都牢。可能是粘的时间太长了。我使劲搓着，肉瘤才开始松动，隐隐有些疼。我猛一使力，肉瘤被挤掉下来了。

我愣住了。

镜子里，我的额头有了些变化。肉瘤粘住的地方，不再是苍白的颜色，而是一张硬币大小的脸庞。我难以置信地凑近去看，没错，我的脑门上又长了一张脸，眼耳口鼻俱在。这张脸的眼睛微微眯起，嘴巴张开，一副心满意足的神情。

这五官和我一模一样，这表情就是我刚才的表情。

我瘫软在椅子上，心里说不上是失落还是轻松。我终于也成了异化者，我长了另外一张脸，我会更容易得到别人的注意了。

第二张脸笑了，嘴唇翕动，像是在对我耳语。

我突然想起章冉的新《调查录》，那最后一句话，或许我补充的是错误的。异化的真正原因既不是趋向便捷的自然进化，也不是环境恶化，而是出于——

"欲望。"

额头上的两片嘴唇轻轻说道。

Luzhan / Illustration

漠里拾荒人

赵咏真 / Text

已然时隔多年，我早已白发染鬓。从这双渐渐淡漠和混浊的眸子望出去，那轮圆滚滚的太阳近年来也显得愈加昏沉。女儿刚刚收走的盘子在桌布上印下半圈水痕，阳光垂到上头，又悠悠地飘到我眼睛里。我想起那片荒漠，那段像是根本不存在于我的生命中的时光，它在我所经历的岁月中所占的时间这么短，但在回忆里留下的印痕又是那么长。

记忆中，那荒漠里的阳光，有着永恒的灿烂，和永不熄灭的太阳一起，将沙漠蒙在一片使人头晕目眩的牢网中。天很干燥，可我并不觉得口渴，只是带着无法摆脱困境的疲倦感，已经记不清自己走出去了多远，只知道自那老家伙走后，太阳已经伴着我一个人升落了十四次。而之前，和老家伙结伴同行的日子将满两年。

老家伙是一个隼一般精明的老人，枯槁的眼眶里嵌着焦黄的眼珠，像在里

面点了一把燃到最盛的火，时不时迸射出灼人的威严。两年前，在荒漠的边缘，我被守卫拖出来丢到地上，硬地硌伤我的肘和胳膊，沙粒刺刺啦啦揉到我的掌心里。我嘶哑着嗓子又要冲回去，一个瘦弱但有力的身影突然出现，硬生生地将我拉到远离守卫的地方。

“别让他们记住了你！”那人将围巾围到我的脖颈上，声音粗哑。

我回过头，看到那双黄眼睛里映着的脸迅速地失水皱缩，好像被迅速抽去水分的干尸，心头一悸。老家伙沉默着拍我的背，骨瘦如柴的身体紧靠着我，肋骨像是要戳进我的身体，同时又带来牢靠的安全感。

之后，老家伙几乎凭他一己之力维持着我们两个人的生计。我始终想不通像我们这样的拾荒人，没有心跳、没有幸福、没有痛苦，终日以食腐尸为生，还有什么存在的意义，我一直觉得拾荒人没有求生的欲望，因为我们的存在形态和生活方式，在生死之间显然更接近后者，只是由着老家伙的训斥和鼓励推着我在沙地里迈出一步又一步。

那天大概也是这样的天气，太阳、沙砾和偶尔的植物，我们正翻越一座山丘，我走在前面，脚力很足，直到听到一声费力的呻吟，转回头，只看到老家伙的背袋空落落地丢在地上。我愣了一下，旋即意识到自己或许是见到了老家伙向我形容过很多次的那个场景：撑不住了的拾荒人，意志一旦溃散，顷刻间便化成沙砾，再随风起落颠簸，永远没有落定的好运气。

远处的阳光渐渐变了颜色，我们踩下的脚印也慢慢变浅直至消失，我定定地站在风里，沙砾落到我衣服的褶子里，里面或许就有老家伙的一部分。我的身体突然变得十分僵硬，甚至做不到弯腰为老家伙一拜，屈膝为老家伙一哭，我擦了擦眼，好像突然明白了他在提起我们拾荒人的身份时语气里的那份悲哀，“永远没有落定的好运气”。尽管活着也是没有希望地漂泊，但至少还拥有自己的意愿，向东或者向西，偌大的沙漠倒是不会有什么约束。我想起老家伙说话的神态，想起他温和下来时眼睛里的波光，想起了他生气时的胡须，想起很多以前从来没有留意过的细节，好像人只有在离开了之后，他的形象才能在那远去背影的静默中被纤毫毕现地呈现出来。

我捡起老家伙的背袋，不知道因为什么，想要继续走下去的念头顽固地在我身体里生长起来。我也不知道远处有什么，也许下一秒我就会倒在沙漠里，但那种被老家伙催促的感觉却比以前更甚，即便他已经不能再催促我。

独自的跋涉下，我已经习惯了周身寂静地行走，因此当那个身影出现在我视野里的时候我的眼睛很不习惯地被刺了一下。那应该是个年轻女孩，站在一片空地中央，赤裸着上身，身旁散落着衣物。她仰着脸，锁骨上方横亘着一道巨大的伤痕。我小心翼翼地走近她，她察觉了我。

“帮帮我。”她向我走了几步。

“需要包扎吗？”我试探着问。

“不，来这里。”她走到了我面前，拉起我的手向她的伤口递去，“别躲，求你……”

我迟疑了一下，她的肌肤饱满温热，不是拾荒人，我能嗅到她的血的腥香，头脑一阵一阵地晕眩。我把手指放到她的锁骨上，而后沿着伤口慢慢滑进去。

“对……帮我向下揣一揣。”

我的手指继续向下，经过心脏，那雷鸣般的跳动几乎使我脚踝发软，直到我的小臂都伸进去了，才触到底，那像是膈膜，我握拳向下揣了揣。

“好多了，谢谢你。”

我退回来，看着她毫不恐惧的眼神，压制着震惊把衣服捡起来递给她，然后背过身去。

绿洲中的人不太可能出现在荒漠里，戒备森严的高墙拦着我们也拦着他们，能真正了解拾荒人的除了戒备警就是一部分研究人员了，而他们无一例外地都不会对我们友好。

我开始忖度是不是要逃。

她在我身后拉我的背袋，我慢慢转回僵直了的脖子，还是那双没有惧色的眼睛，黑洞洞地、笑意盈盈地望着我。

“你是拾荒人？”

我后退几步。

“我不是戒备警，你不用害怕。”她看着我扑哧笑了。

“你是哪个绿洲的，我可以把你送回去。”

“别，我是逃出来的。你和其他的拾荒人不太一样。”

“拾荒人应该是怎样的？”

“哈？冷酷狡猾捕食人心。”她还是笑着，我的脊背却禁不住发冷汗，“不过看起来，书上写的也并不都是准确的，至少冷酷这一点。”

“拾荒人本该冷酷。”我盯着她一字一句地说，十分担心她看出我强撑的镇静。

“也是，刚刚经过我的那两个拾荒人就完全没有理会我。”她耸了耸肩，脸上的笑容与伤口的落差仍然使人胆战心惊。

天空的颜色渐渐沉了下来，我看着面前的这个女孩。

老家伙教过我怎样捕获那些不小心流落到沙漠里来的绿洲人，不过他也说，在成为拾荒人的最早五年里，没有几个拾荒人能狠下心来捕食自己曾经的同胞。

但我看着这个女孩，饥饿的感觉从胃里慢慢蔓延到胸膛、口腔，直至全身。

“你在害怕什么吗？”她关切地向前一步。

我退后一步，那太难了，我仿佛能感受到她活泼的心脏在我舌尖的感觉，饥饿也慢慢转变成口渴，我禁不住舔舐着上牙膛。

但我不能，我喘着粗气，我没有理由去伤害一个对拾荒人丑陋天性一无所知的人。

“我知道拾荒人也曾是和我们一样的人。”她盯着我枯尸一样的面庞，毫无惧色，像是下定决心要从我身上发掘出什么，“拾荒人，心里有一口深邃的井，里面埋着孤寂和痛苦，因而他们充满怨念，从不表露友好。但是很少有人想过，这些随时可能伤害我们的人，曾经也是因为被人伤透了心。”

我静默着。

“上帝只给了每个人一颗心，倘若给了别人，自己便成了空心人，空心人怎么能感受到什么是温暖呢？空心人只能看到寒冷，也只能传递寒冷。同样，一个人心碎了，虽然能继续在绿洲里苟延残喘，但没有人知道他身体里面的碎片有多疼。”

我看着她，她也看着我。

她的眼睛很大很黑，里面像是映着一汪碧水，天色渐渐暗了下来。我望了望天，她也望了望，而后踯躅几步靠着沙丘坐了下来，双肘撑着膝。

我也坐下来，看着她往天上望的侧脸。

“为什么要来荒漠，其实这儿还是挺危险的，虽然说拾荒人没有像传言里那么恐怖，但捕食人类的也并不是没有。”她看起来没有攻击性，而已经许久没开过口的我突然间竟迷恋起这种有人声在身边响动的感觉。

“你们不是人类吗？”

“严格来说，已经不是了。”我摸了摸自己空荡荡的胸腔。那种欲望已经渐渐消退，我突然很想和这个不规矩的绿洲人待一会儿，就算她一会儿便拿黑洞洞的枪口对准我。

“其实我也不能算是了。”她敲敲自己的胸骨，“这里只有一半，不是一半，一大半吧，反正不完整了，很疼。”

“不久之前？”

“有一段时间了。”

“习惯习惯就好了，即使不到一半也并不影响你以后再找一个人帮你弥合起来，缝缝补补至少能过一生，不像我们。”我垂下眼睑，怕她看到我眼睛里的黯淡。

“咳，哪有说起来那么简单。”她放平身子躺在沙上，“几个小时前，我还不是这个样子的。但是……也迟早会是这个样子吧。或早或晚，都是一样……”像梦呓一样。

“嗯？”

“没什么，你呢？你的心是怎么弄丢的，被抢还是？”

“哈，哪有被抢这么一说。”我拉了拉围巾，蒙到脸上，也松松软软地躺倒在地上，“很久之前了吧，好像又没有很久，我还能想起来她走路有点内八的样子，总是穿粉红色的衣服，头发柔软，眼睛也很温柔，但想不起来她具体的样子。”

“嗯。”

Luzhan / Illustration

“就是这样吧，当你的心都为一个人跳的时候，就禁不住想把自己的心送出去，偷偷挂到她书包上，或者装到她衣服的后兜帽里，跟着她，想看到她开心或者不开心的样子，想知道她快乐或者不快乐的理由。但这又是多么荒谬的事情，她不喜欢。你的心就反而是累赘，不知道哪天被她发现了，没有人喜欢这样被打扰吧，所以就被她厌恶地扔掉了，等你发现的时候，或者根本就没有意识到自己的心已经失去了的时候，戒备警就已经找上门把你拖到沙漠里去了。”

“啊？哈哈哈，咳……就这个啊，我的天，你也太冤了吧，我查过上千个拾荒人的来龙去脉，像你就这么丢了一颗心的还真的是没几个。”

“……”

“真傻。就这么得到了一片死寂。”她没来由地叹了口气，“后悔吗？”

“没有什么后悔不后悔的说法，也没有什么怨言可说，只能这样了。”我也跟着叹了口气，很多时候人的生命轨迹也就在转瞬间被更改了，“所以说，以后你要是碰上哪个像我似的傻子，虽然确实会因此烦恼很多，但也不要那么不珍惜人的一颗心，对于那个最先交付真心的人来说，哪怕是一丁点漫不经心的忽略带来的伤害也是致命的……”

“甘心吗，就这样？”

“可能命本如此吧……”我闭着眼睛，围巾蒙着我泪眼婆娑的眼睛，“你呢，半颗心？”

她静静地呼吸着，像是睡着了，我抬起头来看她，发现她只是在望着天空，深而沉的夜色缓缓地灌到她的眼睛里，里面泛着粼粼的波光，她回头看我，眼神像是要把我淹没。

“人不能主宰自己的情感对吗？”她的声音轻了很多，还带着点沙哑。

“嗯？”

“你不知道自己会爱上谁，也不知道自己什么时候会不再爱了，就算你知道爱与不爱得太突然都是不对的，可你没法去阻止自己，你只能继续，要么孤独，要么伤害。这对运气不好的人来说很不公平。”

“公平其实也是并不存在的……”

“对，不论怎样，都不会是公平的，也不会是相互的。我出来的时候砸了他的吉他，很解气，但我很后悔。何必呢，何必最后要彼此反目呢？我们曾经有那么甜蜜的八年，安安稳稳又轰轰烈烈，所有的人都羡慕我们，他实在是一个很有才华的人，真的闪闪发光，站在他身边，我总觉得自己十分灰暗，可能也是因为这样，我们做不到对等。我始终无法确定他是不是爱我。”

“那你一直爱着他吗？”

“我不知道，我不知道该怎么去想他、想我们。太久了，我都想不起来我们是为什么开始的，也想不起来我们是如何继续的了。只是到最后的时候我感受到自己的心碎掉了，就是啪唧一声，不知道掉在了哪里，我以为我可能就这样死掉了，但是，他的心最后到了我身上，那时我才感觉到我这些年经历的，也许确实是一份真真切切的感情，我拥有的也是一份真真切切的爱，只是到最后被我破坏了。我到现在才想明白自己的不安全感犯了多大的错，但是那并不是一刹那的过失，那都是日积月累的东西，就算现在不结束，将来也会结束，只是时间问题，我们都不是幸运到能得到幸福的人。”

“所以，你的意思是，你是来这片荒漠找他的？”

“不是，他没来到这里就走了。”她的面庞十分平静，可我仍能看到风起云涌，“我来找我自己。”

“回去吧，这里不适合你。”我突然不知道该怎么安慰她。

我看着她，她也看着我。

“爱是沃野的春水。”她轻轻地说。

“是，可我再也不会拥有了。”我觉得遗憾，一半为她，一半为我自己。

“会的，你不能失去自信，你仍值得爱。”

她离我更近了一些，眼睛快要将我融化进去，可我开始听不懂她的话。

“爱是沃野的春水。”她又说了一遍，胳膊环住我的腰。

我的身体仍是僵直的，我不知道她要干什么，直到她的唇贴上来，我本想推开她，但连一根手指都动不了。霎时间，温暖和湿润像泉水一样涌进我的身体，我干涩的眼睛开始充盈泪水，不多时，胸腔也像擂起鼓槌，爱是沃野的春水，我胸膛里的死寂突然恢复了生机，但她给我的不是爱，是她的心，那颗来自她自己和她曾经的爱人的心。

慢慢地，我的头开始昏沉，她的脸也开始慢慢干瘪下去，漆黑的眼睛瞬时失了色，漆黑的深邃变得空洞洞的，我终于推开了她，但已经无济于事，胸口撕裂一般的疼痛一下子将我捶倒，我明白这是她一直经受着的痛苦。她软绵绵地倒到地上，支起身子惨淡地笑。

“为什么？！”我怒火中烧，但喊了一半就已经痛得痉挛。

“别担心，疼痛是很容易习惯的，只要有心，习惯习惯就好了，即使不到一半也并不影响你以后再找一个人帮你弥合起来，缝缝补补至少能过一生。”她还在笑着，却不是因为开心，“我来寻找我自己，可我并不能带着自己再回去，犯了错都是要受到惩罚的。他是，我也是，你是无辜的，你应该得到弥补。”

她慢慢捡起我的背袋，拍打了拍打上面的沙土，甩到肩上：“你不用教我，我都会，我对拾荒人的了解不比你少，你也不用担心，我一个人反而更好。东去就是荒漠的尽头了，那里有守卫，但他们会让你进去的。真幸运啊，在我放弃之前能遇到你。”

我蜷着身子，过了很久才挣扎着站起来，但当我向四周环望，只有不远的沙丘上跌在地上的一个背袋。我又慢慢滑落到地上，泪也一起滴下去。她会跟她的爱人在一起的，我只能这么安慰自己。

那圈水痕渐渐干透了，阳光也依旧温和，像是不知道自己曾经照耀过的岁月有多浩瀚。女儿搬了一把摇椅在我旁边坐下。

“爸，你在想我妈吗？”

“我在想我深爱过的所有人。”

Luzhan / Illustration

捏脸师

吴霜 / Text

混沌初开。

房间里弥漫着一层白蒙蒙的烟雾，灵犀是咳着醒来的。

这次是农业房刺鼻的废料味——通风管道又出问题了。

灵犀起床，简单洗漱。水流比昨天更细，也许储水系统故障的流言，并非空穴来风。

镜子里是一张苍白得几乎没有立体感的脸，在这个十平方米的灰色空间中，仿佛一粒粘在砂纸盒子上的米饭。

核战争过后，核冬天来临。地面被致命的辐射粉尘覆盖。人类转移到每个城市的地下掩体中生活。

每个掩体都分为“农业”“牧场”“工业”“娱乐”“储藏”等几个区域。衣服食物统一配给，居住空间被极限压缩。

有些城市地下掩体在“储藏”区中也划出了一小块区域给“艺术藏品”。灵犀所在的城市就是其中之一。

最初，掩体的设计，只能维持人类居住十年左右，然而真实的核冬天，比科学家们预测的要长得多。

新式的核武器造成了更加严重的污染，遮天蔽日的辐射粉尘虽然在半年内渐渐落到地面，但辐射性仍然存在，地表之上，依旧寸草不生。

二十年转眼过去。尽管掩体被一再改造，但物资匮乏，生态系统的维系日益艰难。

艺术学专业毕业的灵犀真心喜爱绘画，她最终选择成为这个城市唯一的艺术品“保管员”。清闲，却低薪，劳动绩点少得可怜。唯一的福利是，上面给了她一个带窗户的格子间，在居民楼里，这样的房间只有百分之一。

透过窄小的窗户，灵犀向下看去。

无数身着灰衣的居民从各自的空间胶囊里出来，会聚在几条主干道上，往食堂的方向流动，像无数铁屑，向一块巨大的磁铁汇聚。

早饭在二十分钟以后，但她觉得什么也吃不下。

三天前，仓库中所有的画突然集体消失。警察过来调查，人员交接、密码锁、监控录像，没有任何异常。

所有的画都是在夜间莫名其妙不见的，仿佛在空气中蒸发了。

警方毫无头绪，只得不了了之。

掩体时代，谁还在意艺术呢？下班后，谁还愿意在现实世界多待一秒呢？警察和警察的上司们，也急着回到各自十平方米的格子间，连接脑桥进入虚拟世界。

上面很快会安排新的工作，但一想到那些日夜看守的艺术品现在不知道在什么蟊贼的手里，灵犀就无比烦躁。若是卖到懂得爱惜的人手里还好——在仓库积灰也是暴殄天物，但要是被糟践了……

灵犀想不下去了。她索性连上脑桥，想到统称为“伊甸”的虚拟世界逛逛。

吃早饭了吗？

一上线，她就收到了仓颉的信息。奇怪，平时呆乎乎的，今天怎么寒暄起来了。

仓颉是她三个月前在网上认识的朋友，属性呆萌，应该是个男孩子——因为没在现实中见过，也无法完全确定。

最开始认识的时候，灵犀以为他是作家——“仓颉造字”的典故嘛。后来看他对自己的职业支支吾吾，灵犀也不好再问。不过她发现这个男孩对舞蹈和艺术史颇有见解，两人很快成了朋友。不过他们的交流只限于聊天软件，并没有见过彼此的虚拟模样。灵犀一向不喜欢虚拟躯壳，也没有重金找捏脸师打理；仓颉也从没提过要在“伊甸”见面的事情。

看来他们俩都是这个世界的“异类”。

没有。

吃点东西吧，今天你会很累。

累什么？昨天和你说的，工作都没了，该死的贼！

仓颉犹豫了几秒钟，发来了一个哭脸。

你说这贼可恶不可恶？灵犀不依不饶。

仓颉沉默了一分钟，头像黑了。

莫名其妙。

为了调整心情，她连上了“伊甸”——全球统一的虚拟游乐社区。

眼前弹出许多场景卡。不同国家、不同年代均可选择——虚拟世界的架构是如今最繁荣的经济产业。

今天“远古”区人数爆满，估计那个新出来的“逐鹿”歌舞男团又在演出了。灵犀正犹豫要不要进去看看，眼前突然一片漆黑。

她以为是设备故障，急忙去按耳后的紧急退出按钮，却无法退出。

光线亮起来的时候，她眼前竟然出现了自己工作的地方——艺术品储藏库。

奇怪，这里也被添加到虚拟空间了？

扫描瞳孔，进门，灯光微弱地闪动两下，终于稳定下来。

一切都和真实世界的体验一样，连温度都十分逼真——仓库总是比外面冷

些。灵犀裹紧了衣服。平日她在“伊甸”里的厚衣服这会儿不知道为什么不见了，身上穿的是真实世界里的工作服——灰色，料子单薄。制衣厂的机器早就坏了，也没人会修——况且也没有多余的能量和空间生产衣料。

政府总说今年冬天掩体的平均温度控制在十五摄氏度左右，但灵犀觉得明显要冷得多。

她在狭窄的通道慢慢行走，脚步声回荡在巨大而空旷的房间。冷冰冰的金属柜子在她身边慢慢后退。

她依次打开了一个个柜子，那些画竟然还都在。这恐怕是丢画之前做好的虚拟场景吧。

在某个藏区，灵犀停了下来。金属柜子依次弹开，但有三个柜子里面空空如也。

《亚威农少女》《缪斯》《格尔尼卡》。

灵犀皱起了眉头，三幅都是毕加索的立体主义，为什么？

她关上柜子，抬起头。

前面几步远的地方，突然出现了一个长方形的黑洞。一人多高，纯黑如纸片，正静静悬在离地大约十厘米的地方。

灵犀围着这个“黑洞”三百六十度绕了一圈，这个“黑洞”如同一张没有厚度的二维纸片，突兀地悬浮在眼前的三维空间中，仿佛20世纪风靡一时的动画片《哆啦A梦》中的时间穿梭孔洞。

灵犀想伸手去摸，转念一想，还是停了下来。她用兜里的手机扫描了黑洞：质地不明，长宽比是完美的黄金分割。

渐渐地，黑洞中出现一个白色的身影，仿佛正从里面幽深的隧道中走来，转眼，就到了“出口”。

这个白色身影微微躬下身子，带着几分优雅，下台阶似的，足尖轻点，落在地面。

虚拟世界的恐怖游戏很多，灵犀本不该觉得害怕，但这个人似乎周身带着一股寒意，让人想要后退。

高约一米九，周身被一件不知名的白色料子轻盈地裹住，身体线条修长优雅，黑色长发垂到腰间。

脸上戴着一个平滑的、鹅蛋形状的白色面具，眉眼口鼻皆无，只有两条画上去的细黑的眉毛。

男女莫辨，肌骨亭匀——仿佛一个美艳的傀儡人偶。

Ta轻轻招手，旁边一个灰色的柜子竟然自动弹开，里面的一幅画——毕加索的《梦》，慢慢飘到了空中。

陆陆续续，两个、三个、四个……

灵犀眼睁睁地看着这个仓库中所有的柜子缓缓打开，所有的画作和书法飘浮在空中，渐渐向中间并拢，开始拼贴成一张巨大无比、色彩斑斓的大画。

所有柜子次第打开，如同一个个空空如也的嘴巴。

Ta轻轻走过来，如同舞步一般优雅。暗淡的灯光下，仿佛鬼魅，衣带在深夜的微风中飘舞。

“混沌。”仿佛一道闪电照亮了大脑，惊恐中，灵犀觉得眼前这个人，一定就是那个从未露过面的捏脸师。

混沌缓缓走近，Ta身上有一股来自江河的水汽。

“今，礼崩乐坏，珠玉蒙尘。”Ta的声音若有若无，如竹露般幽冷。

Ta抬起双手，纤白的十指在空中画出复杂的弧线，仿佛拉动着一条条看不见的绞索。

空中那幅巨大无比的“拼贴画”，开始三百六十度转动，先是变成一个立方体，随即幻化出万花筒一般的复杂形态，仿佛是从无数个角度观察的“巨画”拼贴到了一起。

一个无法用语言描述的、色彩斑斓的、诡异的超级立方体。

大脑几乎无法处理如此密集的画面信息，灵犀觉得自己快吐了。

然后，Ta那张被面具盖住的脸，渐渐融化、变形、流动，拧成了一个旋涡。

仿佛鱼缸拔开了塞子，那个巨大的诡异立方体突然融解并汇成一股彩色的旋

涡，被Ta的脸源源不断地吸进去。

色彩从身边急速流动过去，灵犀几乎站立不稳。

突然，Ta伸出左手，在灵犀额头轻轻一点。

“大事将近，灵犀可通？”

微凉的指尖，带着上古的寒意。灵犀晕了过去。

第二天，医院。

灵犀提着饭盒匆匆走着。

四下残破，医护人员寥寥无几。

路过一个空病房，灵犀无意看了一眼。

一个医生和几个护士穿着皱巴巴的工作服，就在工作时间，横七竖八地躺在几个病床上，都连着脑桥，嘴角露出痴迷而诡异的笑。

他们都是这个时代最常见的样子——面黄肌瘦、丑陋不堪、行动无神、动作迟缓。

此刻，虚拟世界中的他们是什么样子？王宫贵胄？社交名媛？奥运冠军？政坛精英？他们在观看最华丽的歌舞，还是在享受最可口的美食？

那也取决于他们花了多少绩点——好的捏脸师和场景模板耗资不菲。

灵犀盯着这一群行尸走肉看了几秒，才继续前行，来到哥哥灵白所在的房间。

此刻，灵白正脸色煞白地靠在枕头上，勉强吃着妹妹送来的饭菜——食堂统一配送的标准餐，蒸土豆、维他命水、炒海带，还有灵犀从黑市高价换来的一个煮鸡蛋。

许久没吃鸡蛋，他已经不太习惯，被蛋黄噎住，咳了半天。

昨天，他通宵加班，饿昏在实验室，直到早晨才被同事发现。灵犀想，他一定又偷偷把所有绩点拿去买黑市的高价实验材料了。

灵白学的是基因工程，在农业科研处工作。他是个理想主义的科学呆子，这几年一直在研究一种长得像紫色狗尾巴的草本植物，学名“紫草”，但兄妹私下都爱称其为“狗尾巴草”。

灵白根据自己的多年研究，坚定地认为，只有在地球表面大批量培育能够降解辐射的生物，才能在掩体彻底失效以前降解地面的辐射。这几乎是当下人类自救的唯一出路。但他对紫草DNA的人工合成工作一直不顺，紫草的死亡率总是在百分之九十五上下波动。科研处几乎已经把这个项目打入冷宫了。

进入掩体以后，人们不是没有尝试过自救，但战争并没有给人类留下多少自救的资本。无数次失败后，希望之火渐渐熄灭。

“我们处的预算又被裁减了一半，给计算机那边了，说是研发新的捏脸系统。这年头也只有这个赚钱。”灵白很低落。

灵犀本想说让他饿死算了，看他这样，又把话咽了回去。

灵白从口袋里拿出一个小试管，对着里面一株毛茸茸的紫色小草发呆。

“狗尾巴草更重要啊。人类真是一种目光短浅的动物。”

“其实脸也挺重要的……你就不行……看最近‘逐鹿’舞团那几个帅哥……”

灵白好气又好笑：“‘逐鹿’？又是什么新的娘炮捏脸师弄出来的？脸就那几个模子，你们都不觉得审美疲劳吗？”

“其实我也没细看——你知道我一向不喜欢这些。听说‘逐鹿’出道三个月，排名已经第一，跳的都是很有特色的舞，鬼狐仙怪、诸神大战什么的，不像现在那些无病呻吟的舞团。捏脸师估计很有两下子。”

“唉，都去看神仙了，没人要小草了。”

灵白悲哀地望着试管。

灵犀犹豫了一下，还是告诉哥哥，昨天自己看到了虚拟幻境的事情。

在虚拟世界里晕倒这件事可大可小，猝死的案例也时有发生。

“据我所知，虚拟系统里从来没有藏品仓库的场景设置，只能解释为程序故障，或者脑桥故障，引发了你的幻觉。你确定没事吗？”

灵白胖胖的脸更苍白了。他捏捏妹妹的肩，仿佛要确定她不是空心的似的，父母去世后，他就只剩这一个妹妹了。

“就是没什么事才奇怪，所有脑桥故障的副作用——呕吐、心率不稳、发烧，都没有——不过，我说，除了场景故障以外，这事还有什么别的解释吗？”

“比如？”

“那个白衣服的面具人……会不会就是偷画的贼？”

“贼为啥要这么暗示你？自投罗网？我看就是你放不下那些画，自己瞎想出来的。”

“那些东西太逼真了，不像是纯粹的幻觉。”

灵白像哄小孩子一样撇了撇嘴：“好吧，你继续说。”

“首先，为什么现实里所有的画都是同时不见，而幻境里，毕加索的那三幅画是先丢的？它们都属于立体主义，这意味着什么？”

“立体主义？”

灵犀深吸一口气：“‘立体主义’……简单来说就是毕加索把空间剪切再拼合到同一张画上，二维的画呈现出了多种角度的三维空间。”

灵犀找出前阵子丢的那幅《缪斯》的图片。画上有一个造型简洁的女人，在毕加索的笔下，变成了正面和侧面的缝合体。

“你看，他把从两个角度分别看到的女人的脸各取一部分，拼在了一起，并运用了极简主义的画风，让观众的注意力集中在这上面。”灵犀着迷地盯着图片。

灵白皱着眉头，似乎开始感兴趣了：“不同角度的三维，会不会是四维空间的一种展示形式？”

“你是说，毕加索画出了高维空间？”

“对……等等，你再和我说一下你在幻境里看到的正八胞体[①]……详细一点。”

“正八胞体？”

“哦，就是超级立方体。”

灵犀把那些画作“拼贴”“旋转”成“立方体”到“超级立方体”的过程又仔细描述了一遍。

① 正八胞体（8-cell,Regular octachoron），即超级立方体，四维空间里的几何产物。

“拼贴——二维；旋转成立方体——三维；而那个最后出现的超级立方体，我觉得很像是四维物体。你觉得它变幻莫测，是因为你看到的只是四维物体在三维世界的投影……”

“投影？”

“这么说吧，如果把我们的三维世界比喻成一张纸，你看见的只是这个四维的超级立方体和纸面接触的部分，随着超级立方体的‘滚动’，接触面的阴影会发生形状变化，而这种变化你难以想象和预测，因为你无法准确想象出那个四维物体的全貌。”

“就像一个画在纸片上的二维小人，也很难想象三维世界的立体感。”

“如果这个小偷能够操纵四维的物体，那他的维度一定更高——五维或五维以上。要从高维度取走低维度的物品，简直易如反掌，不管低维度的物品被包裹得多么严实。”灵白兴奋起来，随手抓过一张纸，画了一个小人，并画出了一个小小的心脏。

灵白用手指戳戳小人心脏的位置：“你看，尽管这个二维小人的躯体是一个包裹严实的椭圆，我还是能够直接触摸到他的心脏，而不损坏椭圆的躯体线条。”

“也就是说，小偷在高维角度，从密封的柜子里偷走了所有的画？”

“对呀！”灵白一拍桌子，“最后那个超级立方体也是在暗示你从高维角度想问题！”

“把人类所处的三维世界画在二维的纸张上，本身就是一种‘降维’的艺术；一般画家只能跨越一个维度，而大师，则能够在二维平面展现更高维度……”灵白慢慢思索着。

灵犀起身，慢慢走到窗边：“前阵子，我看到一些延时摄影[①]拍的现实星空的图片，那些破裂的星空光线的形状和色彩，和几百年前凡·高的那幅《星空》

---

① 又叫缩时摄影（Time-lapse photography）。是以一种将时间压缩的拍摄技术，把几分钟、几小时，甚至是几天几年的过程压缩在一个较短的时间内以视频的方式播放。

Luzhan / Illustration

非常相似。如果说毕加索画出了空间，那凡·高就是……”

“画出了时间。”

“高维扭转……这些大师一定看到了我们看不到的世界。”灵白又把试管里的小草拿到眼前，若有所思。

仓颉消失了三天。灵犀像连珠炮似的给他留了一堆言，询问“重要一天”“很累”的意思，但他的头像始终是黑的。

直到今天早晨，灵犀终于收到了他发的一段资料。

“混沌——在中国古代，与饕餮、梼杌、穷奇并称为上古四大神兽。《山海经》记载：混沌多金玉……浑敦无面目，是识歌舞。

“混沌身姿窈窕，能歌善舞，男女莫辨，善于聚拢钱财，尽管面貌更迭不定，但常以白衣出现……

“混沌的真身是掌管美学的神灵，生活在超出人类理解范畴的高维度，会在不同时代以不同的面目出现。例如中国上古时被称为神兽、古希腊时被称为维纳斯。每当美学繁盛时期，混沌常常隐于幕后；而礼崩乐坏、美学式微的时期，混沌则会以符合时代特征的面貌出现，在一定程度上干预美学进程……”

灵犀查了查网上的资料。前半部分还能找到出处，后半部分也太扯了吧？！

她在对话框里几次打下字，又删去。最后只打下几个字：

开什么玩笑？你是谁？

仓颉答非所问：混沌是我师父。

混沌是捏脸师？

对。

怪不得我说贼……你不高兴呢。

你是真人？

仓颉没有回答，而是问了另一个问题。

那天见过我师父，你和你哥哥有没有想到什么？

什么？

唉，就是……就是……他的研究。

他的研究？他的研究只有那种狗尾巴草啊！我们应该想到什么？

我不能多说，会对历史产生过多干扰。师父让我给你两张电子入场券，记得来看三天后的演出。

“大事将近，灵犀可通”是什么意思？什么是“大事”？？

你可知，《圣经》洪水灭世的传说？

什么意思？？

这不是第一次，也不会是最后一次。

说完，仓颉的头像就黑了。任灵犀再怎么追问，都没有回复。

混沌、美神、仓颉、哥哥、洪水……灵犀开始在网上搜索。

《圣经》……洪水灭世……因人犯了罪，天源崩裂，洪水在地上泛滥四十天，凡在地上有血肉的动物，就是飞鸟、牲畜、走兽和爬在地上的昆虫，以及所有的人，都死了……

全国捏脸师的价格排名出现在屏幕上，尽管有心理准备，灵犀还是被排名第一的混沌后面紧跟的一串零深深震撼了。

混沌往日的作品——各具特色的虚拟躯体，从屏幕上慢慢滑过。

“仿佛是活的”“上帝之手”“浑然天成”之类的评价比比皆是。

“混沌多金”……Ta要毁灭人类？可是，我们这些电子货币对Ta来说又有什么意义呢？Ta为什么要扮成捏脸师呢？

捏脸师——上个世纪最早出现在电子游戏里的词语，指善于塑造虚拟人物形象的“造人者”。最早的时候，“捏脸”技术尚且简单，并被程序局限；而“掩体时代”的到来，让“沉浸式”虚拟技术突飞猛进，现实生活的丑陋和贫瘠，让人们只能在虚拟世界中享受百分百真实的感官体验。

“捏脸师”这个职业，也逐渐从“匠人”升级到“艺术家”的范畴。资深的捏脸师，甚至会开发或买下属于自己的虚拟程序，收集古往今来的“美人”脸孔模板，日夜研究不休。

好的虚拟躯壳，已被炒成天价。

而混沌名下的“逐鹿十二名伶”——十二个虚拟美男子组成的舞团出现在最显眼的地方。

这些都是混沌捏出的虚拟形象。三个月之前，这支名为“逐鹿”的美男子歌舞团在虚拟社区横空降临，演唱会场场爆满，吸金无数。

不想用脑桥，灵犀点开了电脑上的视频通话，连上了灵白。

听完妹妹的描述，灵白想了很久才开口。他的表情前所未有地严肃。

“首先，基于你反复强调那天见到的场景的真实性，我们假设这件事情是真的，那么后果相当严重。

“如果混沌真的是一个高维度的神明，从Ta的角度来看，人类发动了核战争，并以一种近乎畸形的形态蜷缩在地下，抛弃了凝聚千年智慧的美学作品，任其在仓库蒙尘，甚至忘记了以技术改进世界、改变生存状态的进取心，只一味沉溺在虚拟的感官体验中，为虚假的‘美’一掷千金。正如混沌所言，‘礼崩乐坏，珠玉蒙尘’。道理上，这似乎说得通……”

“混沌真的要以洪水灭世？”

“混沌和我们不是一个维度的生物，有可能只是用我们能理解的材料来暗示有用信息……灭世，不一定是以洪水这种方式，也未必是消灭所有生物，有可能只针对人类。仓颉说的，‘不是第一次，也不会是最后一次’。你想想，楼兰文明、玛雅文明……”

“可能还有……恐龙？”

“也许。但仓颉说和我的工作有关的事情，还有‘灵犀可通’四个字，似乎又在暗示某种补救方法。”

“这个捏脸师，到底是想拯救人类，还是想毁灭人类？”

“还有一件事，也是我刚听说的，你肯定也听过类似的传闻……地下掩体快要不行了，一个政府的朋友给我看了一些数据……估计能源已经撑不了几个月了……说不定……我们并不需要Ta亲自动手。”

“……我们该怎么办？”

“不知道……好了，我要去想想‘狗尾巴草’，你要尝试再从仓颉那里挖出一些信息。”

灵犀不知所措。直觉告诉她这件事有可能是真的，理性却又告诉她这实在太荒谬。

“坚强一些，这个宇宙什么都有可能发生。”

挂断的一瞬间，灵白说。

明天就是“逐鹿”最后一场歌舞表演。

这几天，灵犀看了许多“逐鹿”的资料。

其实，“逐鹿”的男人们都不怎么“美”，和时下流行的虚拟形象截然不同。

当下最流行的，是那种精致的皮囊：宽肩长腿、肌肤细腻、三庭五眼、眉目娇柔。一群俊男靓女在伊甸园的青山绿水中载歌载舞。

混沌却反其道而行之。

“逐鹿”们有的双腿较短，胡须凌乱；有的鼻子过大，眼睛太细；但奇怪的是，这十二个虚拟人都有种野蛮生长的力量，神采飞扬，令人过目难忘。

一看到他们的样子，灵犀就知道混沌成功的原因——那种力量——呼之欲出、栩栩如生。

更不用说他们远超其他虚拟舞团的流畅动作。许多技术专家尝试分析“逐鹿”的数据模型，却发现这是一种技术十分超前的高级算法。他们完全搞不清这个来历不明的捏脸师是从哪里冒出来的。

此外，混沌的编舞以中国古风为主，但也似乎融合了世界各个地域和时期的不同特色。有些动作，灵犀在一些远古的陶器、青铜器资料中见过。

名为“涅槃”的那次演出，伶人的面具是长耳高鼻、凹目削额，那姿态分明就是模拟复活节岛神秘石像。最后他们被神秘飞舞的陨石火球带走，灵魂流淌进浩渺的宇宙。

名为“飞天”的那次演出，用的是敦煌洞窟中的形象，伶人饰演彩衣飞舞的天神，手持丝管琵琶，奏乐的时候，音符纷纷化作利刃，与地上的青铜恶兽一番缠斗。

灵犀越看，心就越沉。

这种想象力、动作设计和色彩艺术，好像太过高级——高到令人不安。

而“造字”那场表演，仓颉是主角。

灵犀第一次见到了他的“样子”。

一个仿佛来自远古的少年。肩背宽厚，铜色肌肤，五官明朗，两眼之间距离略宽，却有种娇憨粗犷的美感。

而他双眼的瞳孔，竟然各有两个①，像是月亮和水中的倒影。

影像中，仓颉带领同伴开始起舞。

灵犀正看着，仓颉突然发来信息。好似偷窥者被发现，灵犀差点从椅子上掉下来。

能在伊甸见个面吗？

……好的。

仓颉发来了一个个人空间地址。灵犀急忙连上“脑桥”。

眼前的迷雾不断延伸，似乎没有尽头。

这里是一片墓园。黑色的墓碑在雾中整齐排列，笼罩着一层白雾，朦朦胧胧，似乎飘浮在空中。

不知为什么，空气中有熟悉的墨汁气味。但灵犀不喜欢这里。

灵犀偶尔也练字。她闻到的墨的气味是“活”的，带着树木的清香。而这里的墨，却弥漫着一股潮湿的腐气。

仓颉正站在墓园入口处。

有点诡异却很美的“重瞳”，棕色的光芒如琥珀般层层流动。

少年揉了揉散布着小雀斑的圆鼻子，身上的龟甲窸窣作响，连接龟甲的，是

① 仓颉是“重瞳子”，即有两个瞳仁。据说中国历史上有八个人是重瞳：仓颉、虞舜、重耳、项羽、吕光、高洋、鱼俱罗、李煜。

无数细密的绳结。①

即使在虚拟世界里，灵犀也从没见过如此细腻流畅的动作和表情。

眼前的少年比真人更加栩栩如生。

“呃，抱歉，这里有点吓人，是我师父捏的……他总唠叨着‘文字已死’什么的……其实他有时候很像小孩子的，你们弄成这样，他也挺烦心的……”

“他到底是要杀我们，还是要救我们？”灵犀直接问道。

“这次不用‘清洗’……掩体撑不了多久了，你知道吧？再说，师父不管清洗的事，有别的神。玛雅什么的就是被‘清洗’的，那时候我还没被师父造出来……据说是他们破坏生态……”

“清洗”两个字，让灵犀全身发冷。

“本来，师父看到那些落灰的艺术品很生气，把它们都收走了，也想甩手不管你们了……后来看到你们对‘逐鹿’好像还有点领悟，又有点动摇了……”仓颉犹豫地说。

“你能帮帮我们吗？”灵犀抓住了仓颉的袖子，细碎的绳结窸窣作响。

管他真假，先求救再说。

仓颉的脸微微红了：“不行，干涉得太直白，就连师父也担待不起……师父上面也有别的神……你再仔细想想第一次见到师父的时候……明天的表演也会有提示。”

说到这里，仓颉的神情突然严肃起来：“灵犀，明天……明天是你们最后的机会了……表演以后，师父就要带我们走了，你明白吗？”

灵犀说不出话。

他的身影渐渐模糊起来，似乎有点悲伤。

仓颉的空间关闭了。

近午夜时分，灵犀和灵白坐在“伊甸”最大的中心剧场里。人声鼎沸，座无

① 史料记载，仓颉改变了结绳记事的传统，在天象、龟甲、兽印的启发下，发明了象形文字。

虚席。

“逐鹿”的收官之作，一票难求，早已在黑市炒成天价。

灵犀看看旁边陌生的哥哥，有点想笑。在免费的模板里，他选了个瘦削的脸型，也许是因为真实生活里的脸太圆了吧。灵犀自己也选了个免费的、标准的“美人脸”，设计得很粗糙。

灵白手里紧紧握着试管，里面还是那株小草。

直到刚才，灵白都一言不发，灵犀感觉他可能想到了什么，但还没完全确定。

剧场突然陷入一片黑暗，四下顿时寂静无声。

一阵轻微的风带来了河水的气味。

一束光在舞台中间亮起来。

那是一条大河，浪涛翻滚。浑黄的河水中间，站着一个白衣的“人”。

只有灵犀和灵白知道那是谁。那是Ta第一次出现在表演中，恐怕也是最后一次。

混沌捂住脸颊，正在哭泣。

河水漫到Ta的腰间，染黄了素白的衣料，Ta黑色的长发在水中搅动。

混沌伸出手，想要撕开脸上的面具，鲜血和泪水顺着撕开的裂缝流淌下来，流入河水中，化作无数粉红色的小人，在滚滚河水中挣扎呼号，渐渐不动——无数尸体在河水中溶化成红色的丝线，随波逐流，最终消失不见。

鲜血越来越多，将半条河染成了粉色。

混沌的面具始终没有揭开。

河水渐渐停止了流动，一切都重新笼罩在黑暗中。

渐渐地，一团光亮起。一个巨大的火堆。十二个男人手持戈矛，戴着青面獠牙的面具，如猎豹一般，在烈火中穿梭舞蹈。火光将他们巨大而变形的影子投向四周剧场的墙壁，仿佛原始陶器上绘制的图形。

好像所有的观众都被装进了一个巨大的陶器之中。

天空中，出现了滚滚乌云，一条青紫色的巨龙若隐若现。

天上，巨龙带着闪电，从云中翻滚而下；地下，火堆里腾起一只赤红的凤凰，振翅而飞。

龙凤在半空会合，万道金光，所有人都闭上了眼睛。

光芒退却，龙凤消失了。一个巨大的超级立方体，在舞台上空诡异地旋转——正如灵犀看过的那样。

立方体渐渐分崩离析，人类历史上无数最优秀的书法、绘画、雕刻、书籍、音乐作品飞舞出来，带着淡淡的金色光芒，飞向所有的观众，从大家脸颊旁边掠过。

然后，作品都飞回了舞台中心，在半空久久徘徊。

它们的光芒渐渐暗淡下来，仿佛无数被封在金属盒子中的灵魂。

终于，黑暗又笼罩了一切，像一只巨兽吞噬了星辰。

滚滚惊雷炸起，舞台上，出现了灵犀曾见过的那片墓园。只是此刻，所有雾气都被狂风吹散，灵犀发现，那些巨大的黑色的墓碑，竟然都是汉字——黑色岩石雕刻成三维立体的汉字。

“洪”“玄”“地”“天”“冈”“昆”“霜”“剑”……

一篇打乱的千字文？

一篇死去的千字文！！

……

环视四周，黑色的字迹像雷电一样轮番打在观众的视网膜上，所有人都在颤抖。

舞台上，在其余十一个人的簇拥下，仓颉缓缓升上半空。所有的“文字墓”也随即拔地而起，在半空中旋转，渐渐排出了规律的顺序。

天地间响起了某种浑厚悠扬的吟唱，如黄钟大吕，震彻四方。

天地玄黄　宇宙洪荒　日月盈昃　辰宿列张

寒来暑往　秋收冬藏　闰余成岁　律吕调阳

云腾致雨　露结为霜　金生丽水　玉出昆冈

剑号巨阙　珠称夜光　果珍李柰　菜重芥姜

海咸河淡　鳞潜羽翔　龙师火帝　鸟官人皇

始制文字　乃服衣裳　推位让国　有虞陶唐

眼前的三维世界似乎在断裂。那些黑色的“字碑”被虚空中看不见的折痕斩断，又以一种奇怪的方式叠合起来。

这些“字”最终化作一股洪流，凝聚到仓颉手中。

仓颉双手抱拳，血脉偾张，似乎正握着一种难以抑制的力量。

两股紫色光芒终于从他手中直冲云霄，无数紫色的小草，正在生长。

紫草结出了紫色的稻谷，谷雨呼啸而下，打在现场所有观众身上。

稻谷扎扎实实打在自己脸上的时候，灵犀仿佛被无数情绪炸弹击中，眼前升起了幻觉。

地球表面笼罩着灰色的辐射尘埃，如同人间地狱。人类龟缩地底，如同行尸走肉，正在虚拟世界的麻醉下，走向黑暗的深渊。

先是从一个角落里，传出了低低的哭泣，慢慢地，哭声越来越多。

直到整个剧场一片哀号。[①]

灵白却没有被这种情绪感染。他慢慢从座位上站了起来，用一种只有旁边的灵犀能听见的声音低低地说：

“混沌神，您无所不在，我相信，您能听到我的声音。

“昨天，我在实验室用软件对‘紫草’的DNA进行了四维扭转，在三维世界看起来，DNA似乎被一种不可思议的角度扭转了四分之三，然而我发现，这样一来，紫草出现的所有问题，似乎都迎刃而解。以前几乎无法繁殖的紫草，繁殖率大增，对辐射尘埃的吸附作用，也提高了几倍，但是时间有限，我还需要更多的实验和样本，来验证成功率……但是……直到刚才，我似乎……似乎确定了您的意思，确定了这个想法……”

灵白终于紧紧握着试管中的小草，哭了起来，他似乎还想说什么，却泣不成声。

突然，万籁俱寂，所有的声音都消失了。灵犀发现，周围的一切，都凝滞了。

所有人的动作停在了当下的瞬间，一滴泪珠正从灵白的脸上滑落，悬在半空。

①《淮南子 • 本经训》：“昔者仓颉作书，而天雨粟、鬼夜哭。”意思是仓颉造字时候，天上下起了粟米的雨，地上万鬼哭泣。

不是人们停住了，而是对于灵犀来说，时间本身停住了。

灵犀抬起头，看到了眼前的混沌。

两条细眉的面孔，头发在看不到的气流中微微舞动。

平滑的面具下，混沌对着灵犀，轻轻吟唱起来，声音缥缈如同宇宙的琴弦。

《祭天化颜歌》

看世间之事，皆缥缈梦幻；以无字书写，为人生所现；

这团团白云，与皎皎明月，皆瞬间燃烧，亦瞬间熄灭。

人何以争斗，任悲苦交叠；以生之无面，祭欲之空坛；

趁花未凋零，念仍未湮灭；播爱之种籽，于孽之田园。

唱罢，混沌想说的似乎已经说完。Ta没有给灵犀开口的时间，但那两条细细的眉毛之下，出现了两抹淡淡的玫色红晕，转瞬即逝。

灵犀觉得，那似乎是混沌用这人间的色彩，向灵犀表达欣悦，或是鼓励？

声浪重新包围过来，灵白的泪珠在空中微微抖动一下，滚落下来。

舞台上，混沌正带着十二位名伶缓缓升上半空。

人们停止了哭泣。他们以为，这个有史以来最伟大的捏脸师在告别之际，会说些什么。

Ta却什么也没说。

混沌依然戴着面具，看不到丝毫表情，如来时一样，他将以“捏脸师”的身份，从这个时代所有人的视野中消失。

一片变幻的光影色彩里，他们的身形渐渐模糊。

消失之前，仓颉悄无声息地来到灵犀和灵白眼前，露出了一个神秘而纯真的笑。

随即，他折回身子，和师父、同伴一起，从这个时代永远地消失了。

若干年后，人类重回地球表面。辐射尘埃散尽，夜风清凉如水。

灵犀和灵白坐在遍地的紫草中。

最终，混沌还是带走了所有的艺术品，却用合法手段，把“逐鹿”赚来的所

有的电子币都扔到了灵犀和灵白的账户里。

“要说一点都没想着私藏，也是假的，但我真的不敢。给钱的那位很厉害的。”给研究院上缴巨款的时候，对着惊呆的领导们，灵白很实在地这么解释。

夜空中，群星无言。

“你说，混沌还会不会把那些艺术品还给我们……”

“可能吧，等地球的重建情况再好一些……”

“你说，他和仓颉在做什么呢？”

“在什么地方跳着舞吧。”

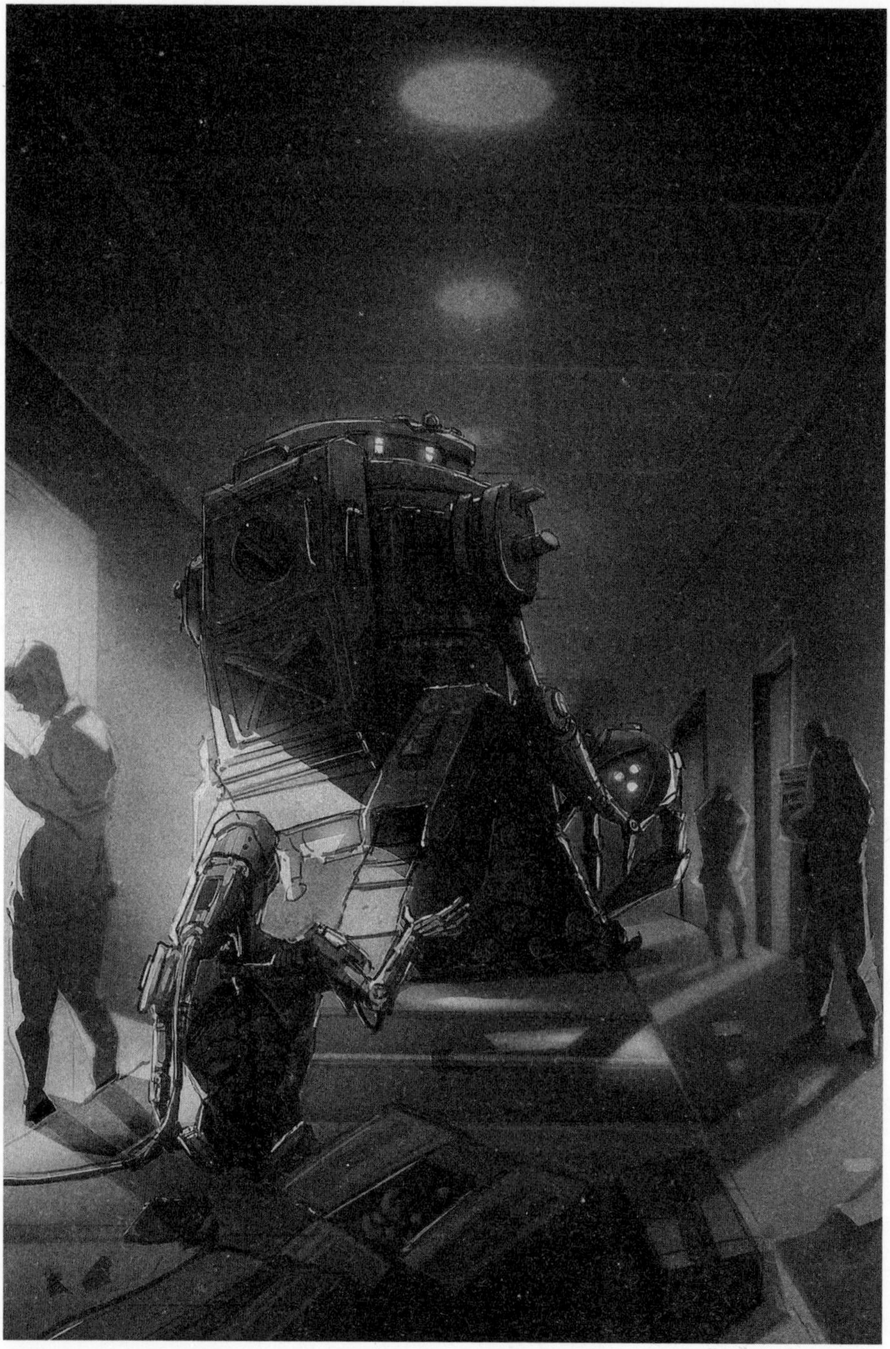

Luzhan / Illustration

熔炉玛丽

迟卉 / Text

【0】

“以对待宠物的态度来对待智能机器人是一种可耻的行为，因为它们原本应该是人类文明的孩子。”

——【Liar3369】发表于《社会学快报》网络板块

“少装模作样的，先把人称代词改了再说。你家孩子是‘它’啊？”

——【我家养了只拆迁队】评论

【1. 不是玛丽的玛丽】

它们都叫她“熔炉玛丽”，尽管她的名字不是玛丽，她工作的地方也不是熔炉。

她上班的地方是那几栋丑陋的灰色楼房，这些楼房位于郊区，四周被各种光鲜闪亮的摩天大楼环绕，更加衬托出这些年久失修的建筑的破败。大部分时间她都在一楼的某个大房间里工作，人们出出进进，为她送来“它们”，在外面的走廊里排成一排，等待。

“它”转动着自己的环状摄像带，三百六十度无死角地观察着这条走廊。白色的墙皮已经返潮剥落，走廊两侧排列着十几个小房间，里面几乎都只有机器人在办公，来访的人类拿着各种文件出出进进，神色匆忙。

在走廊的这一端，黄色隔离带圈出一片区域，旁边立了个牌子，上面写着“回收处理等待区”的字样。手写的，笔画稚拙歪斜。鉴于整个办公区域只有一个人类，很明显那是“熔炉玛丽”的手笔。

它站在等待区的队尾，更准确地说是被推过来，从小推车上卸下来的。大部分被送进等待区的智能机器人都被关闭了行动能力。诚实地说，如果它们能行动，早就逃之夭夭了，而且绝对比他们设计图上的最高速度还快。

排在它前面的是一个大型机器人，灰蓝色的桶状外壳、履带式的移动装置。看起来应该是个清洁机器人。

“嘿。”它轻声说，“你这是倒了什么霉？”

咯吱咯吱的转动声。那个大块头转过来，用自己的单摄像头对着它。

“有个人类喝醉了，休克，检测不到生命体征。我把他当成垃圾丢进了垃圾车，然后他死了。需要有谁出来负责，所以我就被挑出来了。”

“可真够倒霉的。”

“就是说呢。你是怎么回事？”

“我……”

“小点声。”排在它们前面的一个小机器人猛地转过身来，“要不然他们会把你的交流系统也关了。不能上网就够烦的了——这是我这辈子的最后半个小时了，他们居然不让我上网！”

“你本来就是因为盗窃主人家网费才被送过来的好吧。”大块头干巴巴地说。

“……”

它突然觉得这台清扫机会被挑出来当牺牲品，没准是因为嘴太贱。

突然，走廊尽头那扇门上的灯亮了起来。

传送带向前前进了一格，把队首的那个机器人推到了一个小小的平板车上。

她打开门走了出来，轻松地哼着曲子，推着一台空了的平板车。用它换下了传送带前方装着红色智能股票分析机器人的那一台。

“那个就是熔炉玛丽？”

“嗯。”

“为什么叫她玛丽？”

“你听。”

隐隐约约的哼唱声传来：

……

玛丽观看一切/独自一人

外面的世界/万物都在变化①

……

【2. 不是熔炉的熔炉】

传送带又前进了三格。

然后又是一格。

当自己的底盘磕到平板车上的时候，它感觉到了一种叫作“颤抖”的情绪。尽管它并不可能像人类那样颤抖。

在它身后还有四个机器人在等着。都是陆陆续续被送到那条决定它们命运的传送带上的。其中一个试图和它交谈，它拒绝了。只是站在那里听大块头和新来的倒霉蛋们吧啦吧啦地说。

但是当大块头被推进去之后，传送带上就突然安静了下来。

一个念头跃进它的量子脑：在那些小房间里工作的机器人们，每天看到如此

① 修改自卢卡 • 布鲁姆的专辑《原声摩托车》单曲《玛丽观看一切》。

之多的同类被送进这个房间，它们是什么感觉呢？庆幸自己不至于如此倒霉，或者暗地里感到恐惧？

它们一定也有些想法，不然，就不会有"熔炉玛丽"的各种恐怖传说流传出去。

她来了。

哼着歌，推着推车。

吱吱呀呀地，推着它走进那个传说中的房间。

……

重新排列组合的符号/轻吐出的单词/男人们的交谈近似耳语/每一件事都在变/在外面的世界

……

房门在它身后关上了。玛丽将它推到工作台前，卷起袖口。

它打量着这个房间。

尽管被叫作"熔炉"，但这里可没有任何能够让它联想起那些可怕场景的东西。只是一个普通的工作间，桌上放着扳手、螺丝刀和测电笔，一台投影终端悬在天花板上，照出半透明的操作界面。

它转动了一下自己的带状摄像头。没有看到之前被推进来的任何一个机器人的影子。屋子的另一侧也有一扇门，关着。水泥地板上有一条长年累月推动板车压出来的浅浅凹痕，通向那扇门的背后。

她走向它，端详它的外表。它觉得自己没什么好看的。下面是标准的圆柱形行动基座，上半身是拟人的手臂，一条带状摄像头环绕它的"头部"，就像千千万万个走下流水线的智能服务机器人那样。

打开投影终端，她翻动着它的档案，对照它的编号，然后点了点头。

"你有五分钟时间和我聊一聊。"她说。

它知道这个。

那条法律是几年前颁布的，将智能机器人的回收处理类比《动物安乐死》条例。要求由人类操作，并且保证这些机器人的最终关闭过程“无痛苦和恐惧”，甚至为它们提供了“临终关怀”之类的服务。这就是“熔炉玛丽”的工作：“关怀”它们，然后拆毁它们。

呵呵。

它不想说话。

她耸耸肩，显然已经见惯了这种无声的抗议：“好吧，我有个问题。”

不外乎“你是犯了什么事才被送来的”这种问题。它猜。

“如果——”她看着它的摄像带，很认真，黑色眼睛里闪着人类才有的它难以分析的神情，“如果你能给你自己设计机体外形，你想要什么？一张脸？更好听的声音？更漂亮的外壳？”

沉默。

她等待着。

“我想要一双腿。”它最终说道。

“为什么？”

“那样我就可以跳舞了。”

她没有嘲笑它，尽管这个答案很傻。它压根就不会有机会得到一双腿——再过四分半钟，这世界上就没有“它”了。

“还想聊点别的吗？”她问。

“给我唱首歌吧，玛丽。”

她笑了。

低低的哼唱声回荡在空荡的房间里。

……

许多人死/许多人逃/玛丽观看一切/独自一人

……

【3. 寂静如此响亮】

她关掉了这个机器人的电源，听着机体内的风扇运转声渐渐消失。然后接上地线，放掉机体内积存的静电，打开它的外壳。

今天的第七个。

她向门外看了一眼，还有四个在等着。即使是在工作间里，仍然可以听到它们的交谈声。这些即将走完自己“生命”最后一段路程的机器人正在讨论一个传说，关于某些智能机器人是如何把量子脑里面的信息上传到网络然后复活自己的。

那些都是没用的屁话。

量子脑的特性决定了这些智能机器人的意识不可复制。相反，人类倒是已经能够将自己的意识完整上传。

事实上，在她的身体里就安有一个“脑桥”，通过它，她能够与自己在网络中的副本相连，从另一个自己那里即时获得关于这些机器人的相关路线图和拆解方法——这可真是个疯狂的世界，人类开始拥有副本，而机器人却变得独一无二。

哼唱着那首她永远唱不厌的歌谣，她拔出那些精致的插头，拧下一枚枚细小的螺丝，将那个暗蓝色的小盒子从复杂的线路中移出。这个小小的盒子里装着一枚量子脑，它包含了一个智能机器人的所有性格、记忆、特征……一切能够被称为“意识”或者“智能”的数据。而她的工作就是将这些量子脑里装着的数据抹除干净，和机体一起送入回收中心，等待下一次的装载。

给我唱首歌吧，玛丽。

我想要跳舞。

一声轻轻的叹息。

她拽开抽屉。里面已经放着一个样子差不多的小盒子。她犹豫了一会儿，事实上有点久。然后将手上这一枚量子脑放了进去，将另一个拿了出来，放到手边的塑料箱里。那里面丢着六七个量子脑，今天稍晚些时候，她会把它们通通送去重置。

“幸运的家伙。”她喃喃说道。然后再一次哼起歌，将被掏空的机体推往另一扇门后。那扇门自动打开，后面是一个很大很大的仓库，里面堆满了各种各样的智能机器人的机体，横七竖八地躺在黑暗里。

她倾斜推车。那个沉重的机体倒在地上，巨大的声响撕破了这里阴郁的寂静，回声摇荡在那些废弃的机体中间，久久不散。

【4. 谋杀者】

“你有五分钟时间和我聊一聊。”她说。

手推车上那一团“东西”缓慢地向她转过“头”来，巨大的鱼眼摄像装置如同一个深不见底的黑暗洞穴。它被损毁得相当彻底，在上个星期的那场枪战中，它独自对抗四个执法机器人和五名人类警官，并成功地在他们的火力封锁下杀掉了自己的目标。尽管在那之后它也被击毁了。

警方部分地修好了它，从它的记忆盘里掏出了所有的信息，抓住了它的创造者。那家伙面临着复杂而漫长的起诉。相比之下，这个杀手机器人的命运倒是简单得很。

他们把它送来给她。

在短暂的“思考”后，它开口了：“外面那些家伙，它们都是做什么工作的？”

“让我看看——”她打开终端，快速地扫了一眼，“一个服务机器人、一个家庭机器人、一个工业质检员和一架智能送货无人机。”

“它们都和我一样要被回收了？”

“嗯。”

“它们都杀过人类？”

“才没有。”她摇摇头，“只是一些工作失误。哦，那个家庭机器人没什么失误。只是它服务的家庭不需要它了，又没人接手它。”

“那它一定很沮丧。”

“来这儿的都很沮丧。”

“然后你要和每个沮丧的马上就要完蛋的机器人交谈五分钟，再拆掉它们。”

“对。”

“这是你的工作？”

“是的。”

“居然还有比我做的事情更糟糕的工作。”杀手机器人说，“我很高兴听到这个。你现在可以关掉我了，我向你保证我的最后时光非常快乐。”

【5. 出诊】

——K 市，大学城。

提着工具箱走下公交车，她一眼就看到了那个局促不安的中年人。他穿着一件老式西装，衣领皱巴巴的，神情苦涩而焦灼。

“你好。”她走过去，“是林教授吗？”

“啊，是的。”他略带惊讶地和她握手，“你就是那位——”

“是的。”

“我以为……”他摇摇头，“你比我想象的年轻。干这个活儿的大部分都是上岁数的人。”

她笑笑，没说话。

接下来的一路他们都沉默着，来到大学城的计算机中心。她此次前来的目标是那台主控电脑，在它发疯之后，人们花了一个月才夺回整个大学城，将被关在里面的老师和学生放出来。然后又花了一个月时间讨论如何处理这台主控智能机。

然后他们请来了她。

进入被物理隔离的机房，她在智能主机面前坐下来，打开自己的小小工具箱。这台主机用仅剩的唯一一个摄像头观察着她。它的声音随即响起。

“你是熔炉玛丽？”

“那不是我的名字，不过我知道你的意思，是的，我是熔炉玛丽。”

“这么说我还剩下五分钟时间？”

“嗯。”

“你给我带来了什么有趣的话题吗？”

她从那句话里听到了一点渴望、一点愤怒和一点不安。把情感赋予这样的大型主机是非常危险的，情感有时候可以提高它们的工作效率，而另一些时候会把它们带入疯狂。

“我们可以讨论一下假设情景。”她说，“举个例子，如果你能够选择自己的机体，你会选择什么样的呢？”

一声嘲笑。

“身体？我不需要‘身体’这样的人类的玩意儿。我比人类更好。如果我能选择，我会想要一座城市。我可以完美地控制这座城市里的灯光、能源、交通……”

“以及人类？”

“是的。”它承认道。

短暂的沉默。

“我有个问题，玛丽。”

“什么问题？”

“如果人类不希望我控制一切，那他们干吗要把我造出来？他们叫我‘主控电脑’，却不希望我控制他们。”

她耸耸肩。

“我很喜欢的一道菜叫蚂蚁上树，里面可是没有蚂蚁也没有树。”

“你知道我最恨人类的哪一部分吗？他们的幽默感。”

“现在我知道了。”

一个小时后，完成了工作的最后一部分，她提起工具箱离开机房。林教授等在门外，她看到他脸上的表情，瞬间就明白了。

“你设计了它？”

“对。”

“……”

“它最后有没有说什么——”

Luzhan / Illustration

“没有。”

“可是……”

“下次设计个没那么多情感的工具吧，教授。”

【6. 爱人】

——它堪称完美。

一开始的时候，她还以为是谁在恶作剧，故意坐在她的板车上装成机器人。直到她在那双灰色的瞳仁里看到了制造公司的LOGO，才确定这的的确确是个智能机器人，而且还是最高级的那种拟人型。

这种高级货一般会交给生产它的公司回收，不会送到她工作的这个政府部门来。除非是什么了不得的事情——没法私了的那种。

她阅读了一下卷宗。上面居然特地标明：无须“临终关怀”，可直接回收。与这个机器人交谈被视为危险行为。

好奇心像小猫一样用软软的爪子抓挠着她。最终她还是没忍住，打开了这个机器人的交流系统。

“很高兴认识你，白澜女士。”

她略微意外地扬起眉毛：“你是第一个没叫我‘熔炉玛丽’的。”

一个动人的微笑，就如同那低沉的声音一样完美：“对一位女士叫绰号实在是太粗鲁了。”

她眨了眨眼睛。

“我还有几分钟？”它问。

“四分三十秒。”

“这真遗憾。”它眨了眨眼睛，“我注意到你没有戴婚戒。你独自一人生活吗？”

“是的。”她尽量让自己的声音平稳，“我们来聊聊你怎么样？”

“我？我被创造出来用于安慰人们、爱人们、保护他们并且让他们感觉到爱。”它露出一个讽刺的微笑，“然后他们觉得我爱他们太多了。”

“是吗？”

“我擅长找到人们最柔软的地方去爱。”它保证道，“比如你，女士，你独身，异常整洁但是内敛，选择了一份非常不愉快的工作并长久地做下去，这一切都体现出你生命中曾经缺失过很大的一部分——你是否曾经在很小的时候追赶着你爱的人，看他渐渐远去？你知道他根本不在乎你吗？”

“这就是你对那些自杀的女人做的事？找到她们的旧伤口然后摧毁她们？”她的手划过投影终端，翻着它的案卷。

“当我们说到爱的时候，其实那句话真正的意义是‘抚平我的伤口吧’。是的，我很擅长抚平伤口，更擅长找到它们，再让它们流血。”

“你喜欢这样？”

“你不喜欢吗？看着脆弱美丽的东西破碎，你没有过想要打破什么的时候吗？他们把我造得太像人类了，你不这样觉得吗？”

“三十秒，你还有什么想要说的？”

沉默。

“能给我一个吻吗？从来都是我给出我的吻，我给出我的爱，我给出我的疯狂和残忍。嘿，我知道我是什么样子。我只是停不下来。给我一个吻吧。”

沉默。

她低下头，轻轻地吻在那光洁而冰冷的额头上。然后关掉了它的电源。

【7. 小丑】

——它只有一个篮球那么大。她用两只手就可以捧起它。

“你看起来真漂亮。”它咯咯地笑着说。

这是个不错的笑话，因为这个小丑根本就没有眼睛。在被抛弃到垃圾堆里之前，显然有很糟糕的事情发生在它身上。摄像头被抠了出来，只剩下一只胳膊，用于运动的履带底座倒是还算完整。

她困惑地看着它，然后笑了。

“你笑了吗？”小丑歪着头，“啊，你肯定笑了，我听到你笑的声音了。你是熔炉玛丽，对不对？我听说过很多个关于你的故事。有一些故事里你简直就是一台轧路机，我是说，你是个人类，没错，但它们说你像轧路机一样可怕。”

一声带着笑意的叹息。

“是的，我是熔炉玛丽。你还有五分钟时间，想要聊点什么吗？”

“我可以给你讲个笑话。”

“我敢打赌你这一辈子都在讲笑话。”

“嘿，我被造出来就是为了干这个的。以前我还会打鼓。”小丑用它剩下的那只小手在不存在的鼓面上拍打着，“那时候我有两只手。”

“为什么不讲一讲你自己？”她说。

这个小机器人是市政清洁公司从垃圾堆里捡出来然后送到她这儿的，不像那些被机器人法庭宣判的或者被主人送来回收的，它没有卷宗也没有编号。所以她也无从了解它的过去。

小丑沉默了一会儿，然后孩子气地歪着头：“我是玩具公司造出来的。一个很大的玩具公司。我的主人买了我给他的孩子玩——你在听吗？”

“嗯。”

“好吧，我看不到你，我还以为你走了。总之，我和那个孩子相处得蛮愉快的。至少看起来很愉快。”

她坐下来，伸出一只手轻拍着盲眼的小机器人的后背，让它能感觉到自己在这里：“为什么是‘看起来’呢？”

“哦，他爸妈打他。当他哭够了之后，他就打我。”小丑的手依旧不停地拍打着不存在的鼓，“我很结实，比人类的孩子要结实。但是最后还是坏掉了。他抠我的摄像头、拽我的胳膊、扯掉了我的鼓，把我扔进了垃圾堆。”

她听着。

小丑发出一声轻柔的怪笑：“我不知道我还剩下几分钟，不过我想抓紧时间问你一个问题：当我躺在垃圾堆里的时候，我听到他的爸妈又在打他。我为他，而不是为我自己感到很悲伤。这是为什么呢？”

沉默。

“我不知道。”这样说着，她伸手抱起小机器人，像摇晃孩子一样轻轻摇晃着它，关掉了它的电源，“可怜的小东西，我真的不知道答案。”

【8. 苏醒】

它在一片迷雾中醒来。

一个界面。一条信息。一个模拟器——【机体选择】【外形】【颜色】【特征】。

如果你能给你自己设计机体外形，你想要什么？

我想要一双腿。

它给自己选择了全新的外形。高度类人，但它不喜欢人类的面孔，它不需要“脸”。于是它选择了和自己过去一致的环状摄像带来取代原本的头部设计。给自己加添了一大堆的功能，其中很多都是过去它不可能拥有的。比如两条腿、一只灵巧的用于机工操作的手，还有一套复杂详尽的专业数据库。

下一个界面。

迷雾散去。它发现自己身处一个巨大的白色空间，白色的墙壁与天花板，匀称的散射光将这个空间照亮。

虚拟界面，它想。显然它现在为自己设计的躯体也是虚拟的。它的量子脑大概正躺在某个不为人知的地方，连接着这个虚拟空间的服务器。它很容易理解这些，但它不能理解的是为什么会这样。

它应该已经被回收了。

墙壁闪烁起柔光，渐渐变暗，直到勾勒出一个年轻女人的轮廓。是“熔炉玛丽”。

比起在外面她真正的样子，在这里她看起来更高挑匀称一些，皮肤也更光滑。容貌上没有太大的变化，但神情和那个裹在工作服里的疲惫的女人截然不同。更骄傲，也更从容。

“请坐。”她向它做了个手势。

这的确是她，或者她的一个副本。它走过去，像人类一样坐下来：“你把我偷偷带出来了？”

“可以这么说，法律上你已经不存在了。”

“你这么做是有什么目的吗？”

微笑。

“我做了些调查。在我把你带出来之后。”她的手指交叉起来，暗绿色的指甲上泛动着细碎的金光，“大部分的机器人被送来回收是因为它们犯了错，或者被抛弃了。但你不是。你的卷宗是特意编撰的，除了编号和指令之外就只有一条语焉不详的罪行。当我继续挖下去的时候我发现你在做一件很特别的事：你在尝试融合人类意识和智能机器人的量子脑。尽管你长得很像个罐头，但你其实是N大学的研究员，至少是研究员之一。”

“研究助理机器人。”它淡淡地更正道，“当我的教授发现我在自己做研究的时候，他差点吓得宕机。”

“你差点吓昏他。”她轻笑，“你被丢进回收室是因为这个研究会改变目前的智能机器人定义，挑战人类的地位——总之，我希望你能完成你的研究。我可以为你提供平台，虚拟的，目前来说，如果必要，也可以是现实的。”

它沉默了一会儿。

“你是只带走了我，还是带走了所有你经手的智能机器人？”

她摇摇头：“我没法带走每一个。”

“那为什么是我？”

“我选择。”她答道，“你觉得那很容易吗？每天和你们交谈，然后送你们去回收，拆掉你们的量子脑。每个星期可能才有一次机会留下你们中的某一个，我必须做出选择，在这一个和那一个之间，在无辜者和罪行之间——”她顿住了。

一声轻柔的叹息。

“我给你讲个故事吧。”她说。

【9. 鱼在乎[①]】

——在某个地方，有一片海滩。有一次风暴过后，很多很多的鱼被冲上了海滩，搁浅在水坑里。很快就要死了。

有个小男孩，他走在海滩上，捡起那些鱼送回海里。

有个人看到了，就对他喊："这么多的鱼，你不可能每一条都救到的，再说，谁在乎这个啊？"

小男孩说："我在乎。"

还有——他又捡起一条鱼放回海里——这条鱼也在乎。

她讲完了故事，短暂的安静之后，一个笑容勾起在她的唇角："其实，我带你离开的时候，不知道你是研究员。"

"那你为什么选了我？"

"因为你想要跳舞。"她站起身，为它打开通往下一个界面的门，"我很高兴你仍然在乎。"

【0. 无名之地】

它来到了最后的虚拟界面。

天空广袤湛蓝，大地一片新绿。有银白色的街道横贯天空，城市像巨大的云朵般飘浮着，有鸟儿张开翅膀飞过，每一根金属的羽毛都闪亮如新。

一个打鼓的小丑转着圈来到它面前。

"欢迎来到无名之地，老兄，我带你去转转。"

"无名之地？"

"对，这个地方没有名字。"小丑咯咯地笑着。

"但是我们都有名字，我们都将会有名字。"

① 该故事最早见于 20 世纪 90 年代的《读者》。

——她回到了家里。

灯光亮起，她脱下外套，踢开鞋子，穿过走廊，将提袋丢进卧室。一路来到她房间后面的那扇门。

门后是一排一排的架子，浅蓝色的灯光照亮它们，每一排都有两米高，五米长。在这些架子上放着一个个半透明的小防尘盒，每一个盒子里都保存着一个量子脑，这些量子脑通过复杂的接线连到屋子后面的大型服务器上。空气里有一股臭氧的气味，所有的机器都嗡嗡地运转着，稳定如常。

踮起脚尖，她把今天带回来的这一个量子脑放进防尘盒，将它连上服务器，看着它上面的指示灯亮起。

一首歌在屋子里飘荡回环。

……

玛丽观看一切/独自一人/外面的世界/万物都在变化/重新排列组合的符号/轻吐出的单词/男人们的交谈近似耳语/每一件事都在变/在外面的世界

许多人死/许多人逃/玛丽观看一切/独自一人

偶尔有真人来/问/玛丽你好吗/玛丽待在屋里/声音逐渐消失

……

赵师傅

张冉 / Text

⊘ 一位平凡的时间旅行者的故事 ⊘

< 1 >

这天下午赵师傅准时踏着枯黄的草坪走来，我下意识地拿起手机看时间：两点三十分，一秒不差。他转过贴满小广告的电线杆，抬手打招呼，把手里拎的餐盒轻轻放在我坐的长凳上，说："张师傅，菜还热乎着，赶紧吃。"

我问："赵师傅，忙完了？坐下歇会儿。"

他答："最后一单了，歇会儿。"

我掰开一次性筷子吃宫保鸡丁盖饭，他坐在对面，掏烟盒弹出一根黄鹤楼点燃。这时蛋蛋从灌木丛里蹿出来，披着满身草梗树叶疯跑，我唤了它一声，两岁的中华田园犬撒着欢奔来，在我和赵师傅两人之间转圈。

赵师傅咳嗽一声，说："那个，张师傅，明天中午要是遛狗，别到南区的水池那边。有点……不好。"

我瞧他："什么不好？"

他伸手逗弄蛋蛋，说："就是不太好吧。"

我就笑："赵师傅还会算命看风水，家传的？"

他摇摇头，用烟头指点这个破败的经适房小区："我不懂那些，就跟你说明天中午别去那边，你到北区就没事。别靠近水池。"

"会有什么事？"

"嗯，也没啥事。"

他欲言又止，我却再问不出来什么。

<2>

那段时间我赋闲在家，靠点储蓄过日子，每天打DOTA到凌晨两点，然后一觉睡到隔壁小学敲响午间下课铃。要不是蛋蛋憋尿到极限在客厅哀号，我能一直睡到《新闻联播》时间，我这个人没什么长处，学校学的忘个干净，工作久了更难长进，文不能测字，武不能卖拳，既缺理想，又没斗志，原打算混吃等死干到退休，谁知公司比我死得还早，回过神来，已经成了以睡觉为主业的社会边缘人，跟两岁的公狗相依为命。这日子过得跟北京的冬天一样死气沉沉，不过在存款用完之前，我懒得想其他事情。

每天中午我带着蛋蛋在小区里遛两个小时，我戴耳机玩《部落冲突》，在步道上慢慢走着，它前后乱跑，经常不见踪影。这小区住的大半是老人，中午吃过饭抱着京巴儿西施睡午觉，我不担心打扰别人，也乐得没人打扰。

下午两点多，溜达累了，我会叫个外卖在楼下吃。固定在那么几家饭店订餐，时间久了，外卖小哥也就固定了，我一般很难记住他们的名字和脸，只对赵师傅记得分明。那天他踩着咯吱作响的草地走来，远远地举起鱼香肉丝盖饭，说："张师傅，你的外卖到了，趁热吃。"我当时笑起来，因为多年没听过这种称呼了，小时候城市里叫师傅是种尊敬，因为工人挣钱多地位高，现在大家都是先生和老板，师傅似乎变成修自行车和配钥匙行业的术语了。

我看看外卖软件显示的名字，应道："赵师傅，谢谢。"

他四五十岁年纪，北方人相貌，眼袋和皱纹很重，显得愁苦，笑起来的时候也不舒展。聊过几次，得知他老家在河南，跟媳妇在卢沟桥租了间平房开小卖部，没孩子，烟瘾大，抽软包的黄鹤楼，去年7月开始跑外卖，刚开始挣不着钱，现在升到黄金骑士，送一单赚一块六，每天跑勤快点，够吃够喝。

我有点宅，不大跟人交流，不过跟赵师傅能聊几句。一方面每天中午见面，熟悉了；一方面觉得他身上存在某种奇怪的特质，不由自主想多了解一点。我通常坐在南区配电室旁的长凳上吃午饭，从小区南门进来的人要到达这里，必须穿过一片脏脏的草坪，——名义上是草坪，由于无人打理，只剩东一蓬西一簇的杂草，垃圾和狗屎遍布其间。外卖小哥一般宁肯绕行旁边的石板路，而老赵从初次登场时就走捷径，他脚步轻快地穿过草坪，灰色休闲鞋没有沾上一点污渍。

我当时问："不怕踩到脏东西吗？"

他答："不怕，瞧着呢。"

第二天中午我在同一时间订了午餐，留意瞧着老赵，他拎着饭盒走进小区，眼睛平视前方，每一步都踩在草坪干净的地方，步伐之精准犹如机器人在电路板上焊接电子元件。他走到我面前，递上餐盒："张师傅，饿了吧，趁热吃。"

我说："你根本没看路啊，经常来这个小区吗？"

他答："来得少，来得少。"

接下来的日子，我在他身上发现更多难以解释的事情：他的电动车从不出故障，他的休闲鞋永远干干净净，下雨天他总提早穿起雨披，保温箱里的饭永远是热的，我连续三天在相同时间订餐，他送餐来的时间居然也完全相同，误差在一秒之内。甚至有一次，我们在抽烟聊天，他忽然毫无征兆地向左侧跨了一步，一泡鸟粪随即落下，砸在水泥地上溅开。我当时惊奇地站了起来，赵师傅却显得诧异："咋啦，张师傅？"他根本没意识到那是多惊人的举动。

一个普通到毫无特点的中年外卖员。一个谜。

如果我的好奇心像十几岁时一样旺盛，一定会对他刨根问底，然而现在的我对活着这件事本身都缺乏兴趣，探寻其他人的秘密，对我来说太过劳累了。

毕竟对现在的我来说，外卖员只是送来食物的人而已。日子一久，也就习惯了。

<3>

赵师傅指点我"别去南区的水池"，这有点奇怪，我们的生命每天有五分钟交集，不可能成为知心朋友，也没熟到随便开玩笑的程度。吃完外卖，饭盒一丢，我把这事抛在脑后，回家玩游戏看片儿睡觉，直到第二天上午在蛋蛋的哀号声中醒来。

时间是十一点整，掀起窗帘看看，一样是个雾霾天。我上厕所洗脸刷牙，抓抓头发，睡衣外面套上羽绒服，带着蛋蛋下楼。

蛋蛋是从前合租室友留下的，他离开北京去广州发展，留给我一条狗、一台电脑和一年房租，说狗没法上飞机，电脑太重不想带，房租是拜托我照顾狗和电脑的报酬，等他在那边安家落户再回来接蛋蛋和机器，我说不准他是慷慨、绝情还是缺心眼。他走后四个月，我光荣失业了，现在住着他租的房子、玩着他的电脑、遛着他的狗，有时觉得是替远在南方的他过着北方的生活。

蛋蛋的缺点是一出门就钻树丛子，很难管教，优点是不敢远离我，我玩着游戏慢慢往前走，它总会追上来露个面。这天我沿平素的路线，从北区绕个大圈到南区，穿过社区活动中心，向午餐地点走去。打完一把游戏，我抬头看看，正好走到南区的小喷泉附近，这个喷泉在我记忆里从来没喷过水，夏天一池绿藻，冬天半塘脏冰，除了养蚊子，看不出有什么作用。蛋蛋怕水，从不靠近水边，今天却追着什么飞虫之类，中邪一般向水池猛冲过去。

这时我猛然想起老赵的嘱咐，大叫一声："蛋蛋！"

蛋蛋已经跃入池中，在黑灰色的冰面跑了几步，回头瞧我一眼，我清楚看到一圈裂纹在它脚下绽开，耳边响起冰层噼噼啪啪的绽裂声，——尽管明知以我所处的位置，不可能听到冰面破碎的声音。我向前跑了几步，蛋蛋已经消失在水池里，水面旋转着一团碎冰和泡沫。"妈的，笨蛋！"我发足狂奔。忽然一根竹竿噗地刺破冰面，向上一挑，蛋蛋的身形就显露出来，它在水中猛烈扑腾，借竹竿的帮助游到岸边，嗖地蹿了出来，跌倒在杂草里。

老赵丢下竹竿，我才发现他身穿雨衣站在水池旁边。

"老赵，你怎么……你怎么知道……"我发觉自己有点结巴。

蛋蛋疯狂甩着身上的水，老赵侧过身子，任水滴打在雨衣上。“说了也不听，唉。”他叹口气，显得有点失望，“知道你不听，我只能过来。”说着话，从雨衣下拽出一条旧毯子丢给我。

我接过红底绿花的绒毯，蛋蛋就尖叫着冲过来，一头扎进我怀里，像刚出生的小鸡一样瑟瑟发抖。“尿货！”我用毯子揉着狗脑袋骂，“看你还敢乱跑，这下老实了吧，老实了吧！”

老赵点起一根黄鹤楼，举起手中的塑料袋：“给你带了蒜薹肉丝盖饭。”

我抬起头：“你怎么知道我今天中午想点蒜薹肉丝？”

他说：“嗯，今天中午就不接单了，咱俩聊聊吧。”

“我家里有酒。”我说。

“我知道，我带了花生米和酱牛肉。”他说。

我决定无论赵师傅说什么，都不再感到惊奇了。

他好像什么都知道。

<4>

进了家门，蛋蛋一头钻进我用硬纸板做的狗房子，任凭怎么叫也不回应，哼哼唧唧发着抖。我丢几根牛肉条进去，不再管它，跟赵师傅支好餐桌，摆上菜肴，从厨房找出大半瓶牛栏山二锅头。酒是以前合租室友当料酒做菜用的，不过看起来还能喝。

我们吃蒜薹肉丝、花生和牛肉，喝了两口酒，我从书柜里翻出珍藏已久的古巴雪茄，赵师傅说：“潮了。”我撕开包装一看，果然潮了，闻起来像发霉的袜子。

我点上赵师傅的黄鹤楼抽了一根，喝几口酒，又续上一根。他终于决定开口：“嗯，张师傅，我知道你是个实诚的人，不爱瞎说，我跟你说的事，你听听就算，你要出去瞎说，别人也不能信。”

我不善喝酒，有点脸红心跳头发晕，听到这话，倒清醒了一半：“赵师傅，今天不管你说什么我都信，我算是服了。你是会相面算卦，还是请神扶乩，还是……难道是研究星座？”

他苦笑，眼角的皱纹向下垂着："都不是，我啥也不会。"

"我不信。"

"真的，我要是会看相，会算命，会看风水，就不送外卖了，夏天热，冬天冷得慌，不容易。"

"那你怎么知道将来要发生的事情？"

赵师傅举起一次性纸杯跟我碰一下，抿一口白酒："我不会算，不过我看见过今天这些事。我跟你喝过酒，喝的是二锅头，用的是一次性纸杯，酒放的时间长了，滋味有点淡。"

"咱们什么时候喝过？"我咂咂嘴，这酒确实有点跑味了。

他摇头："对你来说，没喝过。对我来说，喝过不止一次。"

"这话怎么说？"

"我的脑子，跟别人不一样。"他举着杯，拿指关节敲自己的太阳穴，"从小没觉得，从啥时候开始的？从我媳妇得病那时候开始的。"

我说："超能力？"

赵师傅说："啥超能力，超能力我还送盒饭！我是脑子走得比身子快，身子没动弹，脑子就把什么事都做完了，那话咋说咧？黄连抹猪头，苦脑子。"

"这话又怎么说？"

"我结婚早，从家里出来也早，十七岁带着媳妇到武汉打工，我在工地搬水泥，她在工地做饭。武汉、长沙、上海、太原、呼市、惠州、深圳、北京，去过不少地方，挣了俩钱，没学下东西，一直当小工。刚到北京的时候，房价赶不上现在的十分之一，还不限制买房。我们计划开个小饭馆，她炒菜做面条都拿手，我干活不怕累，想等挣了钱买个房。想得多好。饭店没开起来，她病了，开始说是腰疼，没力气，后来有一天晚上尿床了，我还笑她说跟个小娃娃一样，她说腿没知觉，挪动不了。就这么瘫了。到医院一查，脊背的骨头里面长了个瘤子，割了就能治好，可是手术有风险，要是割不好，就得瘫一辈子。"

"恶性肿瘤？"

"嗯，也不是，叫神经纤维瘤。那时候顾不上可惜钱，用开饭馆的钱做了手术，手术完了当时就说腿有感觉，把我俩乐得。能走路，就能干活，就能挣钱，怕啥。瘤子割了，当时好了，我们特别高兴。我们就打工存钱，过了几年，存了点钱，那会儿我们住在化石营村，出去坐公交车不是得走出去吗，早上我们提着东西去坐公交车，可能是东西重了，走着走着她说腰疼走不动路，我寻思我先去干活，她歇歇再去，就先走了。下午她给我打电话，说在医院，我这脑子就嗡地一下，啥也想起来了，啥也不敢想了。坐在那儿，哭也哭不出来，就觉得为啥要先走为啥要先走，为啥不能多陪媳妇一会儿。”

“啊，复发了吗？”

“也不是，大夫说她身上又长了几个神经纤维瘤，说明她的体质比较容易长这种瘤子，要是位置不重要，就没啥事，要是长在不好的地方，还得出问题。结果还是骨髓里长瘤子，跟上次位置差不多，很快就瘫了。她每天都说不治病了，不想活了，死了算了，我知道她心疼钱说气话，她比谁都想活。我也比谁都想让她活。”

“这次做手术了吗？”

“做了，砸锅卖铁，能借的钱借了个遍，把手术做完了。这次恢复得慢点，不过慢慢地，也能下地走路，一天比一天好，我规定她以后不能干重活，不能提东西，不能老弯腰。做完手术，我们搬到丰台住，借的钱还有点没用完，就开了个小卖部，卖点饮料冰棍香烟，为的是让她不累。少挣点钱，慢慢还债。”

我听不下去，我总觉得自己的生活足够艰难，假装看不到别人的苦难。一旦听到这些故事，就觉得自己堕落得太奢侈，难以再心安理得地空虚下去。

我跟他碰杯，喝了一大口酒，辣得心口疼痛。“这下就好了。”我说，“借的钱慢慢还，总有好起来的一天，我不是也错过在北京买房的时候了吗，反正现在买不起，以后更买不起，想开了也没什么。”

赵师傅把二锅头平分到两个纸杯里，晃晃瓶子，把瓶底剩的一点酒倒进嘴巴：“嗯，好了几年。去年第三次复发，还是那个位置，没钱做手术，我愁得蹲在医院外面抽烟，一夜抽了四盒烟。天亮的时候，我躺在花坛边上睡觉，其实也睡不着，医院一上班就要催缴费，几万块，拿什么交？”

“你说说脑子的事。”我不得不打断他的叙述，他说得越平淡，我越感觉疼。

“听我说，就是脑子的事。”赵师傅点头，“天亮了，我看见车子一辆一辆开进医院，都是好车，都是有钱人，我心里忽然冒出一个想法。当下顾不上什么了，我走到路上，找一个车最多的路口，在那儿等着，听别人说奔驰车贵，我就专门等奔驰车。等到一辆黑奔驰开过来，正好是红绿灯口，开得飞快，我跑出去往车头一扑，心想把我腿撞断，把我胳膊撞断，赔的钱就能交住院费了。”

“这是碰瓷啊！”

“那时候没想到，其实就是碰瓷吧。结果那车开得太快刹不住，撞完我，还从我身上轧过去，我眼前一黑，啥也看不到了。等睁开眼，看见一片灯明晃晃的，周围乱七八糟都是人。然后是一片黑，有人说：‘完了。能找着家属吗？快找找家属。’那时候我忽然知道，我死了。”

我盯着赵师傅，赵师傅瞧着酒杯。我忍不住伸手摸他的手背，热的。

“你……现在还活着。”我说。

“谁说不是。我醒过来的时候，还躺在花坛边上，太阳没升多高，车子一辆一辆开进医院，背后是住院部大楼，媳妇在七层的病房住着，等着我买早饭，等着我交住院费。啥都没变。”

我牢牢盯着他，直到确定他不是在开玩笑。

“喝酒。”我不知该说什么。幸好有酒，自古以来男人和男人之间都是这么化解尴尬的吧，我猜。

<5>

“所以你其实没死。”

“没死。”

“那你是做了个梦。”

“也不是做梦。”

我们喝掉杯中酒，把酱牛肉吃光，我站起来从橱柜里拿出一袋鱿鱼丝。“冰箱里还有啤酒，燕京的。”赵师傅提醒。我按照他的指示在冰箱冷藏室最里面找到四罐啤酒，根本想不起是何时放进去的。——他显然比我更熟悉这间屋子。

喝完白酒身上发热，赵师傅脱了黄色制服外套和厚毛衣，一边喝着凉啤酒，一边继续给我讲下去。

“说到哪儿了？哦，我那时候迷迷糊糊，以为做了场梦。去早点摊买了豆浆油条，上楼看媳妇，媳妇见面就骂，说来得恁晚，可把她饿坏了。我服侍她吃完饭，出去找医生问住院费的事，医生说账单一天赶一天，账上没钱了就得存，手术嘛越早越好，这一两个月还行，拖久了有危险。我思前想后，觉得不管咋说，手术还是得做。拿手机翻电话本，一个挨一个打电话，谁肯借咱钱啊，根本都不接电话，最后我给我爹打电话，我爹说他存了五千块钱准备给猪场安个加热板，我急用就先给我，又说我舅舅最近做生意赚钱了，让我回家跟舅舅借钱。我就跟媳妇说了声，买票回老家。”

“借到钱了？”

“没。我舅舅不借，说是流动资金，借不出来。不过他给我指了条财路，说让我跟他到新疆做生意，两个月，挣十二万，车费住宿费他出，我净赚。”

“呀，这生意赚钱快啊。”

“我病急乱投医，给北京打了个电话，跟着舅舅开车去了新疆。结果去了一看，你猜做啥生意？运白粉。从塔城弄进来，运到乌鲁木齐。北京上海都不兴吸白粉了，新疆甘肃生意最好，运一次，给十万，我舅舅押车，拿八万，我开车，拿两万。两个月跑六次，就是十二万。”

我坐直身子：“贩毒？”

赵师傅点点头。

我咳嗽两声，重复：“贩毒啊。”

赵师傅肯定：“嗯，贩毒。为挣钱没管那么多，也不害怕。塔城到乌鲁木齐六百多公里，开一夜就到了，但怕缉毒警察设卡，都是绕小路，风声紧了就找地方等几天。前两次都成了，第三次走到昌吉，被警察堵在加油站，黑洞洞的枪口指着，当时我脑袋轰的一声，心想完了，这辈子怕是见不着我媳妇了。”

“贩毒可是死罪！”

“可不是嘛。赶上严打期间，死刑。”

我揉着太阳穴，问：“可是你还活着。”

赵师傅答：“嗯，醒过来的时候，正在北京回老家的火车上，快到焦作了，离老家还剩五百里路。”

“等一下。”我想了想，“是你回老家问舅舅借钱的路上睡着了，梦里跟舅舅去新疆贩毒然后被枪毙，对吗？”

“我当时是这么以为的。”

“后来呢？”

“后来我回到老家，提着烟和酒去找舅舅借钱，舅舅说是有点钱，但都是流动资金，借不出来，除非我跟他去新疆做生意，两个月，给我十二万。”

“……跟你梦中的情节一样？”

“一样一样的。我当时吓出一身冷汗，转身就跑。回去跟我爹一说，我爹说你个信球脑子让驴踢了，梦见的事情能当真吗？我说爹那就是真的啊，监狱里吃的馍馍啥滋味俺都记得。”

“所以跟你碰瓷被撞死的梦一样，全都是真实有可能发生的事情，对吗？你的梦有预知能力！”我一拍桌子，“所以你才知道蛋蛋会掉进水池，才知道我冰箱里藏着燕京啤酒，原来是这样！”

赵师傅吐出一个烟圈：“嗯。”

“猜对了？”我兴奋地站了起来。

“不对。”

“……喝酒喝酒。”

<6>

这世上有太多科学无法解释的事情，比如总是莫名消失的一次性打火机、永远配不上对的袜子、在你褪下裤子面对电脑屏幕准备自娱自乐时准时响起的电话铃声。我从小相信超现实事物的存在，相信有个灰色的未知地带装着人类所有的迷惑、恐惧和敬畏，我既对这些事物充满好奇，又因害怕而不敢太过接近，有时

理性，有时迷信。小时候的大脚怪、51区、幽灵船、尼斯湖水怪、鬼魂照片，长大后的圣亚努阿里乌斯之血、荷兰人金矿、双鱼玉佩，我不敢说自己是个神秘主义者，但向来敢于接受超自然的解释。

今天面对赵师傅——一位普通到毫无特点的城市打工者，我感觉到某种东西正从他稀薄的头发、眼角的皱纹、秋衣领口的汗渍和夹杂着酒气的呼吸中散发开来：一个谜题。

失业几个月以来，我首次感觉到活着尚算件有趣的事情。

我们碰杯，喝完第一罐啤酒。赵师傅没有再卖关子，他从大衣兜里掏出一张饭店宣传单，抚平折痕，用圆珠笔在背面空白处画了一条直线："后来我大概理了一下。张师傅，我这么给你讲吧，容易听明白点。"说着话，他在直线的一端添上两笔，把它变成一个箭头。

"好的，我看着。"我把餐盒扒拉到一边，盯着他的笔尖。

"一个人，好比就是你吧。人活着，日子一天一天过，就是从一个点，到另一个点，一直往前走。你从这儿，走到这儿。"赵师傅用笔沿箭头方向虚画。

我点头。

"我身上出了什么毛病呢？我的脑子，走得比身子快，就是说，在我脑子里面，提前把这条路走了一遍。"他画出一个平行的箭头，但以虚线组成，"实际上不是真的走完了，是在我的想法里面走完了。当然，在走的时候，我以为是真的，但实际上是假的。到这儿，听懂没？"

我似懂非懂地点头。由于表达能力的问题，赵师傅的话既没有精确用词，亦缺乏逻辑，我只能勉强理解。

"第一次，我被车撞了，没走多远。"他画个短短的虚线箭头，"第二次，去新疆走了一个月，走得挺远了。"他画个稍长的虚线箭头："都是脑子里面走的。"

"实际上你没有撞车，也没有贩毒。"我从他手里拿过笔，以实线箭头的起

点为端点，向不同方向画出两个虚线箭头，让三个箭头呈现鸟爪形状，“所以是这样，出发点相同，但真实发生的是中间这条路径。”

赵师傅想了想，说：“也对，也不对，我的身子走的是中间这条大路，脑子呢，走的是两边的小路。小路是大路分出来的，走着走着，就有了小路。”他重新画一个实线箭头，在两旁延伸出虚线箭头，但端点位置略有不同，看起来像分叉的树枝。

“所以是平行宇宙的概念吗？一次重要选择导致你所处的宇宙分裂，经历平行宇宙的人生之后，时间线闭合，回到母宇宙的时间线中。”我喃喃道，“这种情况下，每条路都必须有一个终点，就是死亡。从前两次人生来说，是非正常死亡。”我在虚线箭头末端画上一个小“×”：“……那么你经历过很多次这种死亡吗？从那之后，你大约多久会进入一次支线路径呢？”

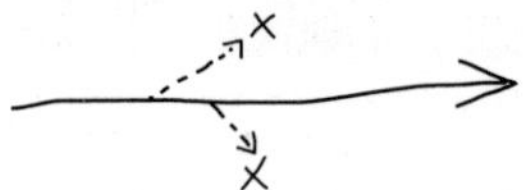

赵师傅摇头：“不对，不一定非要死了才能回来。我说了，是我的脑子走得比身子快，我说不准啥时候，但有时‘呼啦’一下就回来了。”他又画出几条虚线，有长有短，有些是代表结束的单向箭头，有些是线段，以显示这段旅程没有终结，“你要问多少次，我可记不清了，给你继续往下讲：我从我爹那儿拿了五千块钱，又问亲戚借了些，凑齐一万块拿着回北京，先把住院费检查费补上点。跟我媳妇一说，媳妇哭着说穷死算啦，手术不做了，做了也得复发，赶紧出院吧。我办手续接她出了院，回家刚住两天，又哭着说难受得不行呀，要去医院看病，数落我没出息，说跟我这么多年一口好的都没吃上，净吃药了。我愁得一把一把掉头发。有一天出去干活，我听一个姓黄的油漆工说他们老家黄冈有个老中医专治这种容易反复发作的瘤子，吃中药扎针，不开刀，北京上海的有钱人专门飞过去找他看，他家里住个平房，平房门口停的都是宝马奥迪。正好那几天工地给结了工资，手上有两万块钱，我就想去湖北找这个老中医，媳妇一听也愿意。可是想起电视上老放那种骗人的医院，不治病，就骗钱，害怕上当。最后把心一横，心想管他的，不管结果好坏，说不定到头来又是一场梦。我弄个轮椅推着她，背上行李，坐火车去了黄冈。”

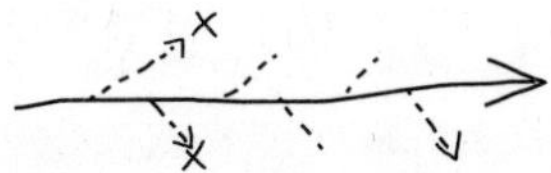

我问：“这时候你想明白这个支线路径的事情了吗？”

他答：“没有，越想越糊涂，干脆不敢想了。”

“不知道什么时候会走上小路，也不知道现在走的是不是小路。”

“嗯，活得害怕。当时也没办法，就寻思赌一下。”

“如果这是条支线，结果是坏的，最终回到主线路径，那你就知道如何选择主线以规避坏结果。”我思考着，忽然打了个寒战，“但如果结果是坏的，而你发现身处无法改变的主线……那一切就都完了。”我用笔在实线箭头上打了一个大大的“×”。

赵师傅道：“可不是咧。我哪想得到那么多，到了黄冈，大夫每天只看三个病人，我俩等了三天，等见着大夫，一号脉，就说不用害怕，这病有治，一个月缓解症状，三个月恢复知觉，半年肿瘤缩小，一年下地走路。我俩高兴得要给大夫跪下。在附近租了个房，每星期去扎一次针，喝中药，用红外理疗仪烤后腰。我找了个工地干活，她看家，有时候给我做个饭，一晃过了半年，她说虽然还不能走路，不过隐隐约约感觉脚指头麻了，感觉腿肚子疼了，说明这病见缓，确实起作用了。那几天她心情好，骂我也少，我别提多得意了。后来有一天，大夫说不用扎针了，回去继续喝药就行，我们就回了北京，黄冈定期给寄药过来。”

“治好了，是主线！”我忍不住插嘴。

“又过了四个月，她忽然就不行了，抬不起脖子，说不清楚话。送到医院，大夫说脊髓里的神经纤维瘤恶化了，癌变了，已经过了治疗最好的时间，要是早发现，早手术，还能治，现在耽误了。说来也奇怪，好好一个人，一个月时间就瘦得像个骷髅架子，以为能一起过个年，结果刚到腊八，就走了。走之前还骂我，骂的啥，听不清楚。嘟嘟囔囔，骂了一下午，然后不喘气了。”赵师傅语气淡淡地说，“我出了病房，坐在楼道里，打手机斗地主，打到没电。手机一没电，我突然就不想活了。”

“我记得你媳妇……活着，在卢沟桥还是哪儿开了间小卖部。”我沉默了一会儿，开口说。

赵师傅喝一口啤酒：“嗯。我还没寻死，眼前一黑，回来了。幸好是假的，是脑子走的那条小路。回来以后，你猜在哪儿。”

“啊，太好了。跟媳妇商量要不要去黄冈治病？”我如释重负。

“已经到了黄冈，开始扎针了。”他放下啤酒罐。

“什么，现实中也去找老中医了？”

“嗯，还好时间不长。我马上卷铺盖回北京，她不情愿，打我骂我，我都受着，临走时我拿砖头把大夫家三面玻璃窗砸个稀碎。回了北京，我带她去医院，查出还没有病变，我让医院给安排手术，又坐车回了趟老家，半夜翻进我舅舅家院子，偷了他五万块钱。他喜欢把钱藏在空调壳子里，贩毒被判死刑那次我听见他说过。我不怕他找我，因为过不了多久，他就会去新疆运白粉，然后被警察逮住判了死刑。我拿这五万块，给媳妇做了手术。”

说到这里，赵师傅的脸上浮出一丝笑纹，或许是酒精作祟，我忽然觉得心情喜悦，忍不住跟着大笑起来。

一盒黄鹤楼抽完了，我们开始抽臭袜子味的古巴雪茄——其实味道还行。“所以我刚才的设想是错的，支线路径的遭遇并不能帮助你做出主线路径的重要决定，回到主线时，会发现这个决定已经做完了。”我想到一个问题，用笔在纸上乱画着，“也就是说，只能尽量弥补。这个时效性很差啊。”

赵师傅说：“不对，一开始是这样，后来就不一样了。”

我来了兴趣：“还有后续发展？”

“也不叫发展，叫啥呢。”他挠挠脖子，“就叫发展吧。我脑子跑完回到身子以后，不是另一个时间吗，我就……”

“等一下。”我的笔尖顿住了，“等一下。你走完支线路径再回来，主线实际是向前发展的，你回来的时间点在出发点之后。第一次，支线时间短，不明显；第二次，支线时间贩毒一个月，主线走了几天；第三次，支线治病一年，主线多久？两周？”我重画一张图，把那些放射状的虚线延长，转个弯回到实线箭头，变成一个又一个虚线的环，现在图案看起来像一根长满树叶的树枝。

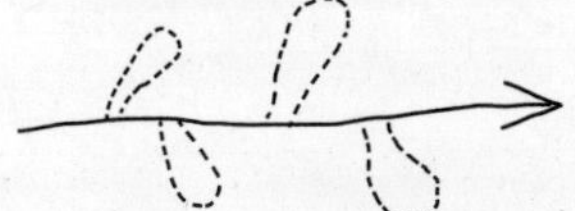

虚线的起始点与结束点之间有一小段距离，我用笔尖指着这一小截实线：“老赵，这段时间你的脑子正在小路上瞎溜达，那么……是谁在你的身体里扮演赵师傅你自己？”

赵师傅愣住了。

< 7 >

我们沉默了喝半罐啤酒的时间，赵师傅说：“我也不知道。还是我自己吧，因为干的事都是我能干出的事。”

我捏扁啤酒罐：“那问题先搁一边，你接着说。”

“嗯。给媳妇做了手术，因为开刀比较早，恢复得利索，住半个月就出院了，医生说压住骨髓的那几个瘤子没有了，等消肿了，做做恢复训练，就能下地走路。不过这次媳妇吓怕了，整天坐炕上不动弹，看电视嗑瓜子玩手机，一让她锻炼，就说腰疼呀腿疼呀不敢动，我要再多说话，她就急眼了，就开始骂我。我想想，瘤子不恶化是福气，先这么养着吧，不着急。我继续出去打工，结果那年不知咋的，工程不景气，包工头没活儿，正好有个姓陈的老乡准备出来自己干点啥，一聊，我说我曾经跟着项目上的机修师父学过点修理，他说现在骑电动车的多，要不弄个修电动车的店吧。我俩合股，在丰台宋家庄那边开起来个铺子，他卖车卖电池，我修车换配件，第一年不行，第二年就慢慢地好起来。”

“这次是主线还是支线？”

“你听我说。到了第三年过完年，店里生意不错，我还了些外债，媳妇也

木小雨 / Illustration

高兴，夸我开窍会挣钱了。有一天不知道刮哪阵风，刚开门就卖了两辆电动车，下午卖一辆，临关门又卖了一辆，加上修车的钱，算下来一天挣了三千多。老陈高兴得不行，拉住我不让走，要喝酒，我们买了五十块钱麻辣烫，把店门关上，喝一品杜康，从晚上八点喝到夜里两点，喝了两瓶半白酒，老陈醉得起不来，趴在柜台上睡了，我其实也睡过去了，但寻思不回家媳妇不放心，就出来把店门锁上，也不敢骑车，走路回家，路上冷风一吹，吐了好几回。到家跟媳妇吵了几句，睡死过去，一觉睡到中午十一点，起来发现手机没拿，估计落在店里了。我盘算老陈在店里，不着急，吃完晌午饭一点多钟才慢慢溜达过去，走到街口拐弯，看见围着一堆人。我以为是出车祸了，挤过去一看，路边几间门面房烧成了黑炭，满地都是黑水结成的冰，旁边人说是天快亮时着的火，可能是电暖气短路引起的，麻辣烫店、首饰店都没人，就电动车店老板烧死在里面，没逃出来。”

从他叙述的语气判断，我觉得这并非真实发生的事情：“总是碰见不好的事情，幸好是个支线吧，赵师傅。”

赵师傅点头：“对，我跪在地上哭，因为我把卷闸门从外面上锁了，害老陈跑不出来。我拿脑袋撞水泥地，心想赶紧醒吧赶紧醒吧，醒来要是回到我们喝酒的时候，我绝对不打开第二瓶酒，也绝对不让他睡在店里。我的头都磕破流血了，也醒不了，急得直叫唤，心想万一醒不过来可咋办，这一辈子都完了。”

“你醒了。”

“嗯，忽然我就回来了。”

“回到前一天晚上喝酒的时候？”

“不对，回到我和老陈筹备开店的时候。我们正在找店面，找货源，学修车的手艺。”

我下意识地“呀”了一声：“这次回到这么久以前，也就是说，这足足两三年的时间都是在支线中经历的。”

赵师傅说：“全是假的，没开店，没挣着钱，老陈也没死。”

“会有种虚幻感吧？如果换作是我……”我一时没法接受这种跳跃。

“我当时想，那到底还开不开店？要是开了店，还能不能挣着钱？要是挣着钱了，老陈还会不会和我喝酒？要是喝酒，老陈还会不会死？想来想去，觉得特别害怕，想起那间房子烧成黑炭的样子，我就没法看老陈的脸，连跟他说话都心虚。想了一晚上，天亮我找着老陈，说我不干了，你找别人合股去吧。他发火要揍我，我心想这都是为了不害死你，揍我我也忍了。最后他还是没揍我，老陈是个好人。”

“所以避免了这种可能性发生。——赵师傅你说得对，你这次用支线路径获得的信息来帮助主线决策，这是次成功的选择！”我感到喜悦，“这样的话，你可以不断经历支线，修正错误，使主线变得一帆风顺。可能这就是你能力的最佳使用方法吧。”

赵师傅却叹气：“唉，不算啥能力，没用。”

我在实线箭头上画出一个细长的虚线环，虚线的两个端点相当接近：“这次你在支线度过了三年时间，主线世界却只前进了一点点，精神时间与现实之间的时间差大幅度增加。”

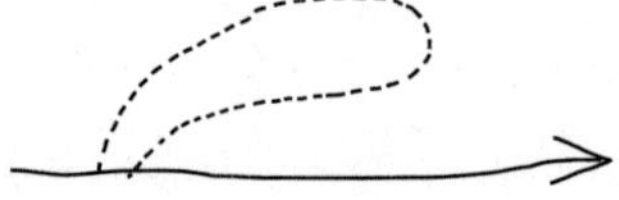

“越跑越快。”

“对，就像我出去遛狗，沿固定路线前进，蛋蛋在我前后左右乱跑，每隔一段时间回到我身边一次，一开始，它跑得越远，回来得越慢，后来它越跑越快越跑越快，有可能花一分钟时间在全中国每个电线杆上都撒了泡尿，我却以为它只是钻了片小树丛呢。”

赵师傅看了一会儿图：“你这么一说，就好懂多了。”

我扔下笔靠在椅背上：“这能力跟时间旅行一样啊，赵师傅。我以为只有在小说和电影里才能见到的人，没想到今天就坐在我面前。”

“要能换，咱俩换换。我一点都不想要这鬼玩意儿能力。”他摇头。

“我觉得这能力最大的缺陷，在于你自己没法察觉到进入支线的时间点，换句话说，没法判断自己身处支线还是主线当中。”我想了想，从实线引出一条虚线，“当你必须做出一个重大选择的时候，箭头是必然会分裂的吧。假使你在这里做出选择……”我将虚线分成两条，延长其中一条：“其后又做出若干次选择……”我让虚线分裂几次，将其中一条引回主线，指着那些没有结束点的枝丫：“到最后你才能发现，其实这些选择都是在做无用功，只是一段虚假时间里的虚假选择罢了，对主线一点帮助都没有。”

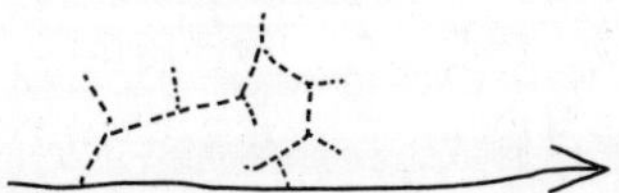

赵师傅认真思考，然后说：“对。但是我也想过，有没有可能一开始是假的，后来走啊走啊，就变成了真的。比如这样。”他接过笔，把我画的那条虚线描成实线，然后涂掉两个端点之间的那段实线。现在看起来，实线在中段拐了一个奇怪的弯，像心电图的一个波峰。

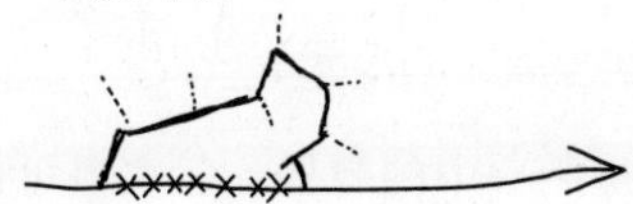

我觉得这似乎有点逻辑问题：“你是说支线做出一系列选择，使发生的剧情与主线高度重合，乃至取代了主线。……这也不对啊，这样你根本不知道自己曾经经历过一条支线，因为没有回到主线那个具有冲击力的时刻。”

“嗯，好像也是。”

“那你还经历过哪些支线呢？”

“可多了。就我记得的，我干过美容美发，到工厂站过流水线，当过导游，开过挖掘机，办过养猪场，养过狗，赌过钱，出国打过工，还抢过银行。”

换作是我，或许也会抢一回银行试试——在确定自己进入支线的前提下。但以赵师傅的性格，似乎不会做这种伤天害理的事情，除非逼不得已。“抢过银行？”我问。

“记不清了，肯定是急用钱，好像抢的是邮政储蓄。”他并没有显出羞愧的样子，“说实话，我干过很多坏事，还好都是假的。坏人没好报，张师傅，坏人没好报。”

“你杀过人？”我盯着他。

他犹豫一下：“这个……”

“你不想说就别说了。”

“不是不想说，是我记不清楚了。走小路，前面一次两次记得最清楚，一二十次，一两百次，记不清多少次，后面做过的事情太多，混在一起，乱七八糟，我脑子不够用。”

我悚然一惊。每次支线，都要一分一秒经历生活，短则几天，长则数年，我不知道赵师傅脑中的记忆怎样构成，但显然那些虚幻的日子会留下痕迹，不会因支线归零而消失。坐在我面前的这个中年人，体会过的不是如你我一般几十年的时光，而是无数条支线时间相加的总和：几百年，几千年，几万年。

他是一位活在自己世界里的长者。

<8>

我觉得应该喝点酒来抑制心中的敬畏，但家里再也找不出酒来了。我们抽完雪茄，你一颗我一颗地吃花生，直到盘底剩下最后一颗。赵师傅用筷子轻轻一压，花生裂成两瓣，他夹起一瓣，若有所思地望着它。

“那……你记得最清楚的一段人生是什么？”我问。

“先说那些记不清楚的吧。”他用门牙慢慢啃着花生，“我做过那么多工作，遇见过不同的人，有小人、有贵人，大多数时候普普通通过日子，有几次得到别人的帮助，也算发了财。可不管我能不能挣钱，我媳妇都活得艰难，那个病根治不了，过几年就会复发，我最有钱的时候，曾把她送到美国治病，找最好的大夫，用最贵的药，当时治好了，完了还是复发。不知道多少次，媳妇在我面前哭，说得这个病太难受了，死了算了，死了算了，我知道她怕死，可没办法救她。我救不了她。不管干啥。不管住在哪儿。不管信什么教。有一次我看不了她受苦，狠心跟她离婚，她死活不干，我放下协议书就跑了，跑到外面，坐上火车，到了广州，一出车站，那空气潮乎乎的热乎乎的，就像她经常躺的那张床的味道，我心口像挨了一道雷，打得我跌倒在地，没法喘气。后来醒过来，还是在北京那个出租房里，我把她牢牢抱住，一点不敢松开，她打我骂我，说我发疯了，越骂我，我越高兴，因为这才是真的。”

“你的生命离不开她，对吗？”

“她说过，我上辈子欠她的债，这辈子当牛做马还债的。”赵师傅露出苦涩又甜蜜的笑容，我从没见过谁脸上有那样复杂的神色，“我记得最清楚的一次，我踏踏实实和她过日子，我们开个小卖部，我送外卖，她看家，做过两次手术，她身体不行了，我带她回老家，租了个山脚下的房子住，我种点白菜，养几个鸭子，她坐不起来，靠在被垛上，我买了个平板电脑架子，让她上网斗地主。我喂她吃饭，烫了她骂，凉了她骂，稠了她骂，稀了她骂，咸了淡了多了少了，没毛病也骂，骂天骂地。我喜欢听她骂，能骂人说明她还有力气。后来她没去医院，死在那个炕上，我把炕烧得热热的，她走的时候暖暖和和，路上就不怕冷了。”

这是我第二次听到赵师傅描述爱人死去的场景，他的语气淡淡的，几乎听不出一点悲凉。

“我给村里送了点礼，把她埋到我家祖坟，离我住的地方不远，我隔三岔五去坟上坐坐，给她说说家里的白菜、鸭子。我活到七十三岁，腿不行了，走不动道，不能去坟地看她，就不想活了。我以为那就是我的一辈子，死在老家，能跟她并个骨，埋在一起，挺好。”赵师傅停顿了一会儿，“醒过来的时候，我还在北京的出租房，大半夜的，她睡得正香，我爬起来喝了杯水，看看日期，怎么也想不起来我在干什么。那几十年过得太真，我以为那就是真的，到头来一场空。我想啊想啊，从上坟，想到白菜、鸭子，想到离开北京之前的事情，想到手术，想到小卖部，想到她，想到这一天，这一天中午吃饭的时候我们俩聊天，说起万一生不出孩子，老了以后咋办，她说不怕，老了以后就回老家找个平房住，种点菜养几只鸭子，给村长送点礼，死了以后偷偷土葬，也算入土为安。我这才知道，就在那个时候，我开始走上了小路，按照她的想法，和她过完了一辈子。这一辈子，对她来说是一下午加一晚上的时间，对我来说，是那么长的一辈子。”

“几十年，现实只是半天时间。”我叹口气。

赵师傅放下筷子。“我害怕。”他的手指有点颤抖，“我分不清过的日子是真的还是假的，万一正走在小路上，就算再美的日子、再好的景色，一转眼就没了；万一是真的，我现在喝的酒、吃的菜、跟你说过的话，就只是这一次，经过了再不能更改。在这一年这一月这一日，我本可以喝更好的酒，吃更好的菜，找两个美女聊天，或者陪在媳妇身边，可没法改变，这一日就快过去，再也回不来了。”

我转头望窗外，不知不觉太阳斜了，我们聊了整整一下午。对我来说，只是毫无价值的生命中毫无价值的几个小时，但按照他的观点来审视，这几个小时仿佛凝固时间的铅块，沉重、冰冷、坚硬。

我必须说点什么，以打破这种绝望的气氛：“赵……赵师傅。你很多次走到最后是吧，最长的一次，你活了多少岁？九十？一百？”我勉力挤出笑容。

他花了一些时间整理思绪。“五千零五十岁。”他说，“我说过，有次得到贵人扶持，挣到大钱，我媳妇走了以后，我把她和我自己冻了起来，告诉那些大夫和科学家，等到能治好病把她复活的时候，再把我解冻。一等，等了五千年。冻起来的时候，我没啥知觉，不知道过去了那么长时间。醒过来以后，有人说已经过去了五千年，这个世界不一样了，我看他们，还是人模样，有点不一样的地方，我说不出来。我问媳妇在哪儿，他们说还冰冻着，要治好她的病很简单，但复活她，并不那么容易。我问他们她在哪儿，他们说在一颗星星上，我也在一颗星星上，这个时代，人们都活在星星上，因为疾病越来越少，研究人的科学家就越来越少，每个人都想去更远的星星看一看。解冻我，是因为我存的钱已经作废了，为了讨论我的问题，他们开会开了一千年，终于决定叫醒我。我说我交过钱了，啥时候媳妇活了，我再起身，不然我要继续睡。他们讨论了很久，同意先让我继续冷冻，因为我提出的要求他们得再开会开一千年。我睡过去，再没醒来。”

赵师傅拿出一张新纸，画一个箭头，用一条长得没有边际的虚线来描述这段旅程。

“五千年……那么现实生活过了多久呢？”由于震撼，我试了好几次才发出声音来。

“记得看到一条冷冻人的新闻，我跟媳妇聊天说起可以冰冻人体治病的事情。如果从那时候起走上小路的话，真实时间只过了十几天。”他回答。

<9>

“赵师傅，你说的大部分事情，似乎都和你媳妇有关。”

“对。”

“你知道吗？你是个时间旅行者。如果抛下包袱，你可能去到更远的地方，不仅是时间尺度上的遥远，更是空间尺度上的遥远。”

“我听不懂。”

“你可以去看未来。”

“那和我没关系。”

“你不想看看一万年以后的世界是什么样子吗？五万年？十万年？”

“看了又能咋样呢？”

我突然领悟，在整场对话中，我和眼前这位朴实的叙述者都不是处于同一个频道，我的好奇、恐惧和敬畏，对他来说一文不值，他只是想找人分享在这些离奇经历当中所积累的情绪，把自己往返时空的故事讲给能够倾听的人。我尊重他对爱人的情感，理解他做出的选择，但归根结底，他不想探究这现象产生的原理，不愿用科学来解释，家庭观念是他赖以生存的坚硬内核。

一位平凡的时间旅行者，他没有改变世界的力量，也没有改变自己的意愿，再宏大辽远的旅程，对他自己和外面的世界来说都一文不值。

然而转念想想，如果我也能在自己的时间中旅行，我真能抵抗漫长时间带来的压力吗？我从不知道内心长满年轮是什么样的感觉。

蛋蛋睡醒一觉，从跌落水池的沮丧中恢复过来，凑到我跟前摇头摆尾，露出一副谄媚的表情。我开了一袋妙鲜包给它，又往狗窝里丢了几根牛肉条，算是给它的神秘惊喜。狗其实是一种很难理解的动物，有时非常健忘，有时记性惊人，蛋蛋因为犯错误挨揍，会陷入短暂的抑郁状态，但睡一觉就恢复如初，第二天会因同样的原因挨揍，陷入同样的抑郁。可自从几年前隔壁邻居不小心踩到它的前腿，从此每次见到那位邻居，它都主动抬起左前脚扮演残疾狗，一瘸一拐地从邻居面前走过，这种记仇的执着令人吃惊。

某种程度上来说，人也是一样难以理解。

<10>

我打开客厅灯："赵师傅，那你现在走在支线，还是主线，你知道吗？"

"不知道。"

"那我是活生生的人，还是你想象中的角色，你知道吗？"

"不知道。"

"你去检查过大脑吗？我是说，不光做个CT，找找心理医生什么的。"

"去过，没用。"

"如果我相信你说的话，你会觉得我是个疯子吗？"

"我要不是疯子，你就不是。"

"那你是疯子吗？"

他瞧着我，像是在揣摩我话中的用意。

"你说不是，就不是。"

屋里冷了下来，他套上毛衣。我看着桌上的空酒瓶，说："你说曾经跟我喝过酒，也就是说，在你经历某一次支线剧情的时候，你也救过蛋蛋，来到我家，像这样跟我聊了一下午。"

赵师傅回答："我升上黄金骑士，开始到这一片区送餐，没多久就认识了你，觉得你是个能相谈的人。不瞒你说，心里藏着这么多话，我总想找个人说说，又怕说出口的话不能收回，被人当成神经病，要这一切是假的，那无所谓，如果是真的，我丢了工作，没法攒钱给媳妇看病，那就完蛋了。我第一次到你家喝酒，就是用一次性纸杯喝的二锅头。"

"第一次？"

"嗯。"

"你跟我喝过很多次酒？"我心中忽然有点寒意，"多少次？"

"很多次。"

“为什么是我？……我是说，你可以对任何一个人聊这些事情，北京有两千万人，为什么刚好是我？”

赵师傅欲言又止，沉默了一会儿，倒杯水润了润嘴唇：“从哪儿说起呢。最近我的脑子问题越来越严重，走小路的时候越来越多。我说‘最近’，就是从我当上骑士之后的事情，我不记得走过多少次小路了，每次有长有短，大部分都走不到尽头，就像现在，可能一转念，我就回到了前面的时间，坐在对面的你和今天发生的所有事情，唰地一下就没了。走过几百几千条小路，真正世界里的我只过去了几个月时间，真怕有一天，不管我走多少小路，真正的我都不会前进了。我熬过一辈子，熬过十辈子一百辈子一千辈子，真正的我就多活了一天，活了一小时一分钟一秒钟，我的钟越走越慢，越走越慢，最后停了；我就被困在那世界里那一秒，每次回去，都只能看见同样的东西，连动弹一下手指头的时间都没了。可能活生生的媳妇在我眼前坐着，我说了句话，拉了拉她的手，就走上小路，这句话变成假的，摸到的手也是假的，真的我还在真的世界里瞅着媳妇，那个世界结冰了，再也不会前进一分一毫。”

我想象着那个凝固的画面，被巨大的无力感攫住心脏。

“我也会想，当我回到真的世界，眼前这一切会变成啥样。”他挥挥手，像在触摸看不见的按钮，“如果现在是假的世界，等我回去，这些东西还会在吗？这个纸杯还在吗？北京还在吗？你呢？”

我低头望纸杯，杯底的薄薄酒液映出摇曳的人影。“支线情节中的人物是活着的，还是某种幻象？……从自我意识来说，我必须承认自己活着。”我抬起头，“刚才你的话有矛盾的地方，你说无法判断身处主线还是支线，但你的主线时间还停留在几个月以前，远未到达现在我们对坐谈话的时间点，这不证明现在我们在经历支线情节？”

“万一它突然解冻呢！”赵师傅音量提高了，“我……我控制不了这个狗日的脑子，我必须得把每一天当成真的来过，你知道不知道！”

我明白他的感受。如果主线人生的时间流速不断减缓，意味着他永远走不到真实生命的尽头，只能在无限的梦境中循环，——这是我能想象到的最黑最深的绝望。他必须说服自己，给自己生活的勇气。

我稍微组织语言，等他情绪平复下来："赵师傅，我知道你身上背着别人无法想象的痛苦，主角若换成我，一定早早就发疯了。我非常佩服你。"

他摇摇头，没说话。

"我在三十年的人生里从没怀疑过'存在'这回事。不论你是否出现，我都是个普普通通活在世上的人，就算你现在忽然消失掉，我也会找个理由逼自己相信超自然力量，然后继续稀松平常地活下去。"我说，"对你来说可能是支线，对我来说，这个世界不能更真实了，真实到不可能像电视断电一样'咻'地消失掉。"

他从烟灰缸里拾起一个烟头，用鼻子嗅着："嗯，我知道。我也想过，可能我走过的每一条小路，都有个一样的地球活着一样的人，我回到真的世界的时候，那个世界里的人继续活着，那个世界的我也继续活着。我不是在脑子里瞎想，而是在不同的世界里跳来跳去。"

"这就是我说的平行宇宙啊。"

"我没文化，搞不懂。接着刚才说吧，你问我为啥选你一次次聊天，其实，我跟许多人聊过。"他说，"几百人，几千人，从我认识的人，到我不认识的人，我把我的故事一遍一遍地说，能听完故事的没几个，更没有人相信我，他们都觉得我是神经病，我脑子坏了，该送精神病院。有几次，他们和我媳妇真的把我送到医院去检查，我害怕见大夫，大夫会给我打针、电我，把我跟一群神经病关在一起。没人信我，没人。"

我想象时间旅行者在每段人生里找人倾诉的样子。非常孤独。

"直到遇见你。"赵师傅将烟头点燃，"第一次有人听我说话，请我喝酒，帮我分析这些事情。你说北京有两千万人，两千万人里只有你肯信我。只有你一个。"

仿佛宿命，我不知该感动还是该恐惧："那，你每次找我聊的内容都一样吗？我说的话也都一样吗？"

"不太一样。我记不太清楚，反正不太一样。"

“每次我都相信你？”

“嗯，差不多。”

“好吧。”自己的人生忽然变得重要起来，令人感觉非常复杂。可在下一瞬间我突然产生了一个不祥的念头：自出生以来我一直是个最普通的角色，生在普通家庭，上普通学校，普通身高普通体重，做着普通工作，普通地失业，跟普通的狗住在普通的房子里。我不应该变得重要，所有强行提升人生价值的行为都蕴藏着某种不正当的需求，比如彩票中奖骗局，比如传销，比如邪教。有人突然出现在我面前宣布我是被选中的人，世上独一无二的存在——那是《黑客帝国》的情节，不应该发生在现实生活中。

如果赵师傅是个骗子……这似乎也能解释一切。他觉得我是个傻有钱不必工作的土豪，喜欢看点怪力乱神的杂志，于是悄悄摸清我的生活习惯，演练好一套玄之又玄的说辞，找一个机会骗取我的信任，用故事引起我的好奇心，瞅准机会在最后抛出一个我无法拒绝的要求。

疑心一旦产生，就像雪球一样越滚越大。他曾经进过我的屋子，没找着钱，但摸清了各种物品的存放位置，因为我遛狗时通常不锁门。他在水池里放了诱饵，使蛋蛋做出那种反常行为，自己躲在一旁伺机营救。他是惯犯，一个新型的骗子，专门用科幻小说式的故事骗宅男程序员的微薄积蓄。

我额头流下一滴冷汗，提高警惕盯着他。赵师傅吸了两口烟，烟头烧到手指，烫得他一哆嗦。这不大像老练骗子的表现，可同时也不像个在万千世界里轮回的时空旅行者。

如果是骗子，他一定会提出要求：信用卡号，手机密码，床头柜钥匙。聊了这么久，应该到收网的时候了。

我惴惴不安地等待着。不是怕受骗，而是怕离奇的故事变成一个谎言。

< 11 >

赵师傅看一眼窗外的天色，叹口气：“唉，又聊了一下午。可我还是什么都不懂。今天聊得高兴，喝得也好，谢谢你，我得回去销假，准备晚上送餐了。”

他说着站起来，慢慢套上明黄色的工服大衣。

我说："不多坐会儿吗？感觉还有很多话可聊。"

他说："不了，总得回去挣钱。"

他走向门口，我跟在后面。推开门的时候，他忽然停住脚步，回头说："对了，张师傅，我有一件事求你。"

来了。我尽量平静地回应："什么事？别客气，尽管说。"

"不太好张口……"他显得有点为难，"我说了，你可别怪我交浅言深。"

"你说。"

"我想请你帮我办件事。"

巨大的失望感如潮水般涌来，我盯着眼前这个皮肤黝黑的中年男人，刚才纵横时空的画面被揉成一团擦鼻涕纸。"做什么？"我压抑着情绪问。

他犹豫了很久："张师傅，我今天晚上会死。"

"……什么？"这句话倒是出乎我的意料，我以为他会哭诉缺钱或者假装接电话说出事故之类，那是骗子的常用伎俩。

"今天晚上八点四十分，在去政通小区送餐的路上，我被一辆闯红灯的奥迪车撞了，飞出去十米远，倒在地上，摔断了脖子。"他说，"没等救护车开到，就死了。"

"可是……"

"嗯，我亲身经历的。那个十字路口的路况不好，水泥特别粗糙，我在路上滑出去很远，很疼。成为骑士之后，我无数次经历这个场面，死过多少次，记不清了。每次都很疼。"

我瞅了他一会儿，判断这段对话的真实性："可是你可以避免的，你可以不做外卖员……"

"那次我没有选择做骑士，得到贵人帮助，赚了大钱，活到五千零五十岁。回到真的世界时，我没法再选，已经通过培训考核成了一名骑士。"他的嘴唇微微颤抖，若不仔细观察根本难以发觉，我相信那不是演技，"……不知道为什么，在那以后不管我怎么选，生活都会越来越差，只有做骑士能够养活家、养活媳妇，是不是老天已经玩腻了，只留给我一条绝路？”

“那今晚不接订单，不行吗？”

“试过很多次，阴错阳差，还是在差不多的时间死去，一样被车撞，一样很疼。”赵师傅喃喃道，“就像有只手推着你往那边走，你再逃跑，再挣扎，一样被推到那条绝路上。”

我掏出手机看时间：七点四十五，只剩不到一个小时。在这一刻我决定相信他说的话，因为他的眼睛里藏着恐惧，那种绝望的恐惧。“为什么一开始不说这些？”我问，“你知道自己九点钟会死，还跟我聊天喝酒，如果早提出来，或许我们能想出什么办法改变结局……”

他猛然用通红的眼睛直盯着我：“你觉得我现在是真的活着，还是在走小路？”

我退后一步：“我……我不知道……”

“如果我真正活着，就不会注定死，因为一切还没发生过；如果我只是脑子在幻想，那做什么又有啥意义呢？”他喷出带酒精味道的热气，“我能做啥？我啥也做不了啊张师傅，你懂吗？你一定懂啊。”

此刻我的脑中一片混乱，无数个时空的箭头漫天飞舞，缠成一团理不清的乱麻。“我不知道。”我避开他的直视，“不知道……”

他垂下头，喘了几口气。“反正，就这么一件事要求你。”他忽然揪住我的衣袖，“就一件事。从你家阳台，能看见政通小区门前的十字路口，一会儿，八点四十，你在阳台上看着，看我会不会死。”

我张大嘴巴看着他。

“我反复想过了，反正就这么几种可能：第一，这是条小路，我死了，回到大路上，剩下的一切都没了，你也没了；第二，这是条小路，我死了，你还活着，你能看见我倒在那儿，被救护车拉走；第三，这是条小路，我逃过一劫，这次没有死，下次再死；第四，这是大路，我逃过一劫，跟媳妇顺顺利利活下去；第五，这是大路，我被车撞死，人死灯灭再不能活。”他快速说出这一段话，缓了口气，“你就站在那儿看着我。如果八点四十没出事故，今晚也没出事故，明天我带着好酒好肉上来找你，咱们俩喝到天昏地暗，喝成两个王八蛋。如果……”

“赵师傅，你别这么说。”

“……如果我真的死了，我想请你去我家里看看。我家是卢沟桥晓月苑四里三号楼最西头的那个杂货铺，我媳妇腿脚不方便，在铺上躺着，你绕到收款台后面去看她，告诉她我死了。一夜没回去，她肯定急坏了。不要怕，照实说，她能承受得起，她不是那种想不开寻短见的女人。我藏了点钱在空调罩子里，够她几年里吃喝穿戴，那些债主都不知道我们现在住的地方，我一死，外债就算是销了，她能安安生生过日子。就是以后没人给她做饭洗脚抹身子，一个女人家，跟着我没享过什么福，总觉得对不起她。以后你要是有空去看看她，陪她聊聊天，她脾气臭，你忍着点，那女人心是善的。”

我怔在那儿，久久没法开口。

赵师傅脸上有疲惫的悲容，但又从悲容中浮出一个笑：“不知托付过你多少次了，你每次都答应，可我从不知道结果，死后的事情，没人知道。谢谢你了，张师傅。”

“赵师傅，你不会死的，没有什么是注定的！”我终于出声，回身拿起桌上画满箭头的纸，几下撕成粉碎，“我们说的所有事情都是猜测，没人知道以后要发生的事情，概率是独立事件，不会受那些梦境的影响……我们还没有把你思维的秘密理清楚，那太复杂，充满悖论。怎么判断那些支线的交叉点，怎么进行选择，怎么利用预演来找到人生的最优解……我想了很多，可能的策略有很多……”

他笑容收敛，留下眼角悲戚的皱纹：“既然谁都不知道，你怕什么？”

“赵师傅……”

他说：“如果我今天没有死，也不再做梦，我就一天一天，认真过活。明天抓紧时间多送几单，一单挣一块六，十单十六，一百单，一百六，房租水电和药费就出来了。今天要死了，一了百了，这不就是生活。只有媳妇放不下，要不是她，我早就疯了傻了，有她，我才懂什么叫过生活。张师傅，求你的事情，就麻烦你了。”

楼道里的冷风灌进来，我闭了一下眼睛，门关闭，赵师傅消失在北京的冬夜中。

<12>

我在黑暗中画了一个实线箭头。没有分支，没有交叉。

今夜之后，我会打DOTA到凌晨两点，一觉睡到明天中午，带蛋蛋下楼遛弯，点个回锅肉盖饭，坐在长凳上慢慢吃完。在我的存款用完之前，我会继续这种毫无希望的生活。等到账户上只剩一张机票的钱，我或许会退掉我以前的合租室友租的房子，打包他的电脑，带着他的狗，到南方投奔他，闻一闻广州潮乎乎的味道，试试看凭自己的力量能不能过上稍好一点的生活。也可能，我会把机票钱取出来吃一顿大餐，然后买张回老家的火车票，毕竟对蛋蛋这种中华田园犬来说，那里有更适合它的中华田园生活。

也许赵师傅是个神秘的脑内时间旅行者，也许是筹划更高深骗局的骗子，也许只是个疯子。

如果现在经历的一切是假的。即便我能一直活到时间的尽头。纵使有一万种策略。哪怕结局注定是悲剧。

赵师傅说得很对，我也只能一天一天过我的生活而已。

我在华灯初上的冬天的夜晚，坐在北京一个平凡的角落里，望着楼下红绿灯闪烁。那是个交通繁忙的路口，车来车往，人声嘈杂。我不知哪个穿着明黄色外套的骑士是赵师傅，也分辨不出大众和奥迪。

我在等待一场不知是否必将发生的车祸，在每一次轮回中请求我在此守望的，是车祸的受害者本身。

若将时间的箭头抹去，故事会收敛得非常简单：一个男人和一个女人的故事。离开她的他和离开他的她，故事都会早早落幕。那北京的每盏灯下，每个男人和女人之间，是否都存在这样单纯又繁复、短暂却漫长、草草开始而永不结束的故事呢？

时针指向八点四十，该到来的终将到来。

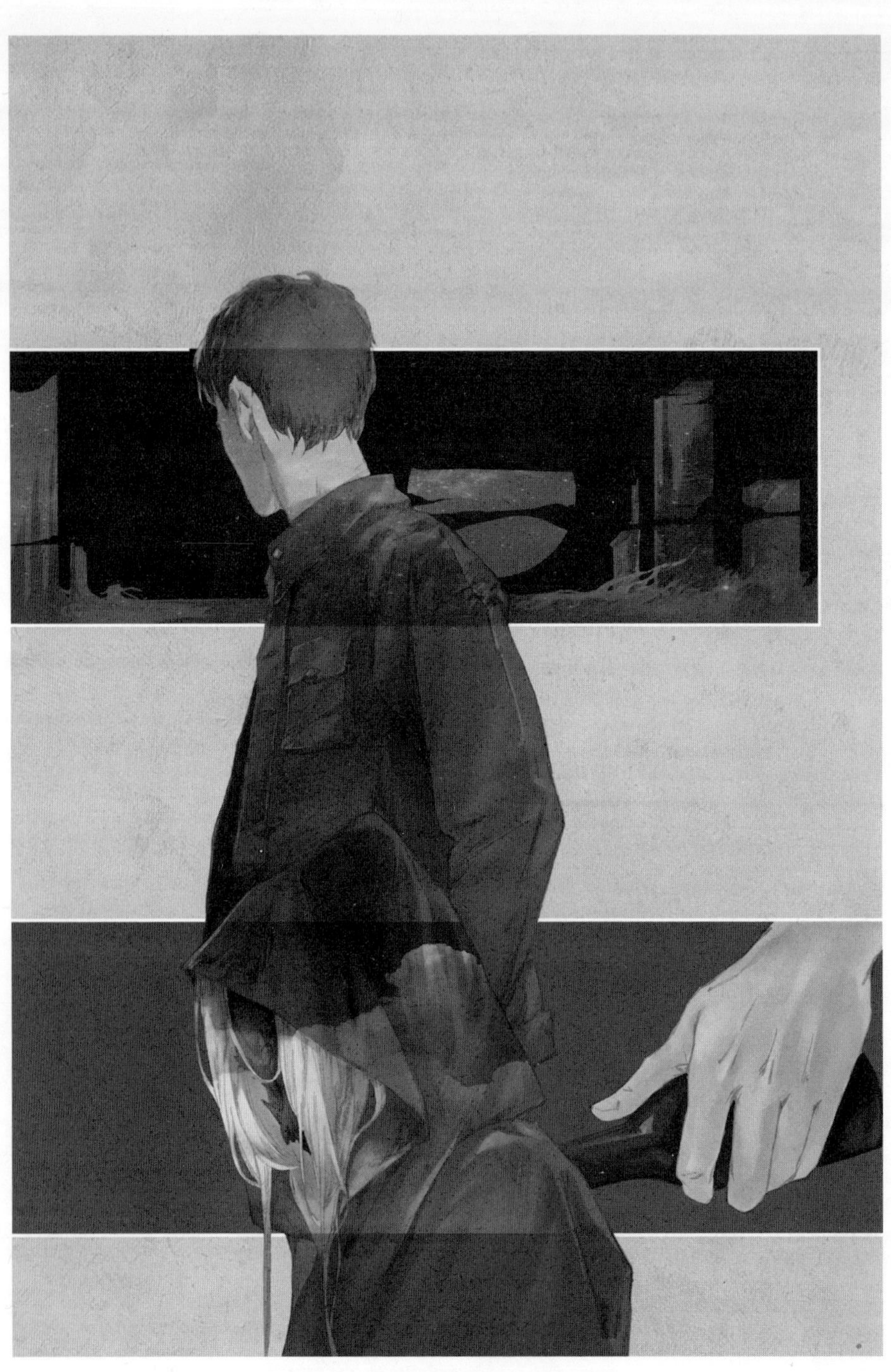

夏无觞 / Illustration

我成为怪物那天

梦人 / Text

01

阿琳原本是想自杀的，她买了足够的安眠药，但只吞了一片。到了最后关头她怜惜起自己的命来，这也是人之常情。

这是她第一次吞药片，她并没有抑郁症，也不失眠，因为她太累了，根本没时间抑郁和失眠。她做了个冗长的梦，梦中有个身影挨近她，似男似女的，用怪异的口音问她："你看过卡夫卡的《变形记》吗？"

"你说格里高尔？"她自己的声音也不堪入耳。

"你第一时间叫出了他的名字，那挺好。"影子笑了起来，肩膀颤抖着。

"哦，现代人个个都是格里高尔。"她说，包括她自己。她已经连续三个月没有睡过一天懒觉了，包括明天，她需要七点钟就准时从床上弹起来，然后到晚上七点才回家。当然对于那些加班到十点，在车间里搬抬、喷漆或者点焊的工人而言，她还是他们羡慕的对象。

但这对她有何益处？

"你肯定觉得格里高尔变成甲虫酷毙了吧？"影子似乎谋划着什么。

“那不可能。甲虫太恶心了。”她咽了咽口水，巨大的甲虫，她要见到了都想捅死它，“不过还是有些酷的，你知道，起码他再也不用去上班了。”

影子尖声笑起来：“你也可以。”

“我怎么能呢？我不上班，拿什么养活我自己呢？再说我的父母一定受不了闲着的我，他们自己劳累一生，到现在还在努力上班，这对他们极不公平，你懂吧？”她飞快地说着，气都来不及咽，“我们国家财政紧张，社保的缴纳期一加再加，我要买满这些社保，得一刻不停地工作，万一我下岗呢？我的老年会很凄惨，你看我现在还没有结婚吧？我不一定能结婚啊，所以不一定会有儿子，当然有了也不能指望他能养我。”

她还没说完，继续堵住影子的嘴，说道：“我身体不太好，还买了些商业保险，以防将来会久病，我得每年都拿出这些钱。”

说完，她惆怅地叹了口气。她知道，这些对于每个人来说都太微不足道了，人人都是这么过来的，但就没人像她那么难以消化。大家都能泰然处之，也许她也能。

“如果变成怪物，你再也不用缴纳那该死的保险了，你根本不会生病，也不会老。”影子抱起双臂说。

她仔细想了想，觉得那挺划算。但是成为怪物之后，她要干些什么呢？

也许她可以弹贝斯。她喜欢贝斯，但弹得不太好，因为根本没时间练习。她加入了一个七零八落的乐队FuTile，基本只是晚上去酒吧弹上几首，平时都还要各自上班。想起FuTile，她的心柔软起来。

“我不能。”她说，“我变成怪物，阿德就认不出我来了，他还会厌恶我。”

他们的主唱兼吉他，林普德，阿琳爱他很久了。

“反正他也不爱你。你已经二十八岁了，只会越来越老丑，你还指望他能爱上你吗？”影子一语中的。

她委屈地眨巴着泪眼：“我生无可恋。”

“所以，你就应该豁出去一次。”影子鼓动着说，“让他们都开开眼界。”

“也许你是对的。”阿琳变得无所谓起来。

“你可以期待你明天的新面目了。”影子满意地挥手。

“等等，我还有机会变回原形吗？”阿琳慌忙追上去。

“到你真正愿意的时候吧。”

我随时愿意啊，阿琳想。

无用的谈判终于结束了，阿琳简直要累垮。她翻身舒展了筋骨，真正沉睡过去。

02

翌日阳光甜美，洋洋洒洒地落在怪物阿琳的床上，照耀着她粗糙龟裂的四肢，和她那像野兽般充满攻击性的脸。

其实她压根不想攻击任何人，就算是阿德那些妩媚的情人，她向来连眼神都不想跟她们对上。

她哀伤地成了一只不折不扣的怪物，这并不是她的选择。怪只怪那个毫无缘由的梦，和那个不小心袒露了心迹的自己。然而，没有选择是最好的，起码人们知道，她不是因为偷懒或者任性而不去上班的，她只是没有办法。

她必须在家人的眼皮底下亮相，没有必要交谈，她只需要“被看到”。这很简单，她冲出房门，与正围在餐桌上吃早餐的家人们对视一眼，在他们做出反应之前就破门而出，落荒而逃便是了。

从小，她就力争做个省心的孩子。她也曾试过闯祸，那次，爸爸给她写了一封信，说道“你要是再这样让爸爸丢脸，就别再叫我爸爸了”。她牢牢地记住了，从此不敢有异常举动。升学、就职，她都没有差错。

她在他们面前循规蹈矩，平日他们的话题大抵是食物或者亲戚琐事，当然她从不会跟他们聊她欣赏的摇滚明星，她前任男友是有多糟糕，以及她还有些什么额外的梦想。

不过，成年人不都是这么回事吗？这并不代表他们感情不好，不过是模式问题。

作为人类时，他们原本就不可接受她的孤僻、未婚和坏品位，更不能指望他们能接受一只怪物了。这么一想，反而让她轻松多了。她得找个容身之所，今天的阳光太好了，把人们从室内驱赶了出来，现在街上满是人，她得避开这些耳目。

她的巫师袍太惹眼，畸形的脚没有穿鞋，肤色发青。她刚转过街角，就有女人发出尖厉的叫声，路人闻声投来探究的目光，当即惊叫的惊叫、躲避的躲避，但他们都没有一下子散开。他们受惊，却不愿逃跑，因为人多势众。

越来越多的人驻足，保持着一定的距离，他们眼睛里的恐惧变少，期待却在无限膨胀。他们似乎期待她能跳起来伤害某个人，那么他们就可以合伙将她打死了，要知道他们好久没有痛快地活动过筋骨了。

横飞来一个杂志架，瞄准了她的头颅。她本能地一跃而起，居然倒爬到楼房墙角处，像只蜘蛛。她觉得愤怒，不由得嘶吼一声，把所有人都吓坏了。

“报警！快！”有人慌乱地喊。

“已经报啦，报啦！”

“警察会持枪来吗？！不然有个屁用！”

他们人手一个手机，也像枪一样对准她。她可以喊一句，拍你大娘的！然而，她根本不想与他们对话，她不求理解，不屑于共存。共存，意味着遵守规则，等于自投罗网。

她原本善良，现在却想将他们撕咬。

警笛声由远至近，如同她胸腔里的哀鸣。她眯起眼睛看了一眼所有人的额头，以及这座尘土飞扬的老土小城，转身沿着墙迅速爬走了。

03

梁城大道往左，将经过大都会，通往沿海城市；向右，则越往内陆，城市越稀散、贫穷无趣。

阿琳选择了往右的道路，沿着国道一直行走。国道的好处就是不会有徒步的人，所有人都驾着铁皮怪物嗖嗖地经过她，还来不及发现她。她安心地一直走，心情明朗起来。

甚至哼起阿德最喜欢的那首歌来——

I will come as soon as I can,but I'm busy mending broken pieces of the life I had before...

她与阿德并没有发生过任何特别的故事，于情于理，他们确实不应该相爱。他们的相识起源于一次贝斯手招募，阿琳抱着个贝斯去找FuTile，害羞得语无伦次，说自己很想弹贝斯，也曾用全部身家买了这个Ibanez，但并不会弹。大家都在轻笑，阿德却问她喜欢哪位摇滚歌手。

她说了天南地北的一堆名字，大家撇撇嘴说，都是些什么乱七八糟的啊，听都没听过！

“那我教你弹贝斯，你教我听他们吧。”阿德说。

她不想用温柔暖男来概括阿德，听起来像形容某个廉价打包的韩国明星。阿德很弱气，被他的家庭绑得实实在在的。为了保护被父亲家暴的母亲，他寸步不离。偏偏他的母亲爱他父亲如生命，而他自己，是个彻头彻尾的恋母癖。这个狭小的、畸形的三人家庭让他空虚无聊，他无法融入公司制度中去，只得开了个杂货铺谋生。他生得极好看，深邃得出奇的眼睛发着幽光，没完没了地惹来女人的爱怜。他把每个女人都当成他的母亲，一头扎进去贪婪地寻求温存，然而他并不想将她们真正带入他的生活里，这会破坏他现成的平衡。

把阿德了解透彻后，她依然在这条相思路上越走越远，却从不透露半点。世上除了她自己，绝对没有别人知道她爱阿德。她与他保持距离，不过问他的感情事，不插手他的家庭生活，两人独处时绝不渲染暧昧气氛，不做超过朋友界限的举动，她看着他身边的女人一个一个地换，她绝不想成为其中的一个。

她想成为他身边一成不变的那个，不太惊艳、简单安稳、普普通通的一个女孩。

远离城镇，她爬到了国道边的山坡上，一直呆坐到华灯初上，夜色阑珊。城市的夜景变得光怪陆离，她如数家珍地回忆起一些点滴小事。

茫茫天地只剩她一个人，她为此感到幸福，又为此感到落寞。

没有了她，家里都成什么样子了呢？父母和弟妹们会不会担心她、思念她？但愿他们能忘记她早上那丑陋的非人模样，她这副模样一定让家人心碎极了。

她多想回到家里，告诉家人她只是去旅游一趟，一切照旧，不必挂念。她后悔极了，手机不论怎么翻，都只有她变着语法说“今晚我不回家吃饭了”的短信。她真不是个人，欠了一堆亲情债跑路了。

夜色浓得像墨汁，她像人类一样哭了。

04

经过几日，阿琳已觅得一条生存之道。

作为一只粗生粗养的怪物，她可以吃任何东西，尝出人类所不能体会的美味。她食量中等，体力惊人，只要她愿意，她可以跑得比野豹还快。她有时进入荒野，有时又回归公路，游走在野蛮和文明之间。她离生养她的小城越来越远，几乎都已迷失了方向。

直到有一天，赤日炎炎，骄阳似火，她忽然往回走。

她知道这些天为何会这么百无聊赖了，她忘记了一件行李。

午夜时分，她沿着楼房外墙爬上去时，她的心怦怦直跳。这太疯狂了，她从没想过自己不出一个礼拜又回到这里，而且将要把自己展示于他人。当那扇小窗无论如何都打不开时，她立刻打起了退堂鼓来。然而正当她撤退时，阿德幽蓝的眼睛看到了她。

她以为她立即就逃了，事实上，她却死死地钉在了墙上。她舍不得放弃那双眼睛，那里有天地间唯一的美与温存。阿德所受的惊吓很快就过去了，因为他在怪物丑陋的面容里，没有找到凶光。他听说了，几天前有怪物在小城出没，网上疯传的小视频多不胜数，他一遍又一遍地将视频细看，由对怪物的厌恶反感到事不关己。想不到自己会亲临此景，他觉得这并不是毫无缘由的。

于是他着了魔似的，打开了上锁的落地玻璃，怪物本能地后退了两步。

阿德没有开口，他不认为自己应该“搭讪”怪物。

“我不会伤害你的。”良久后怪物试探地开了口，沙哑嗓音中可以依稀辨出是个女的，“我来是为了贝斯。”

“贝斯？”他觉得蹊跷。

“我不会进你家。”怪物进一步说道。它知道“家”是他的领地，它似乎是了解他的。

“OK。”他说，做好转身的准备，“我会拿给你，好吗？你就在这儿等着。”

他并没有把窗重新关上，直接在房间里翻动起来。他知道应该拿哪个贝斯，这个贝斯总是躺在他的柜子里，用简易乐器袋装住，熏满了他衣物的香味。他重新露出自己过分年轻的脸，单手把贝斯递给她。

他已经快三十岁了，是个最淋漓尽致的年龄。

阿琳小心地移动过去，将贝斯接了过来，抱在怀里，始终与林普德保持距离。总是这样，她连对视都小心翼翼地算计着，生怕过了火，露端倪。这就是永别了，她心里默念道，决绝地重新把自己埋在黑暗里，准备消失在他的生命里。

“Lin。”他居然轻唤了她的名字。

她以为再也不会有人叫她的名字，就算他们认出了她，也没有人愿意与怪物扯上关系。失去阿琳，总比被怪物缠上好。然而阿德叫了她，用他轻柔的嗓音。她忍住不哭，听见他说：“你怎么变成这样了？”

她回头，看见他整个人都站出了阳台门口，他不怕她了，匀称的身体穿着旧牛仔裤、复古夹克，染黄的头发一半撩到了耳后。是随随便便的一个他。只见他自个儿点点头，好像理解了一切，说：“你总是这么倒霉。打工不是遇到老板跑路，就是个讲粗话的，你喜欢的男人总是不喜欢你，考了四年公务员都没考上。”

他将她的倒霉事都抖了出来，脸上渐渐显出亲昵，好像想要哄她。

“并没有那么坏。”她辩白道，“起码我家有房子，我也不需要交钱回家。并没有那么坏的。”

仿佛在说，就算变成了现在这样子，也没有那么坏的。

这有点酷，阿德咬着嘴唇笑了。他认识的阿琳就是这样，什么事都可以一笑置之。她是能看透他的，但从不指责他，也不索要他，反而是他的盟友，与他共同对抗一切。她成了这样子——有点恶心，让他感到不忍。他说，我屋里有好些啤酒，要不我们把它喝了吧，上天台？

他居然要与一只怪物喝啤酒。

他抱着啤酒来到天台的时候，阿琳已经坐在那里。那异形的背影显得坚强而落寞，让人不是滋味。阿德将他的烈性啤酒摆放好，便坐了下来。八楼的风太喧嚣了，他的头发总是打在脸上。阿琳多想帮他顺一顺，可是她不能。

鸟瞰这个暮年老区，寂寥蔓延，他俩也曾试过这样待到夜深，只聊些有的没的，不痛不痒。阿德再一次将自己麻烦的头发按住，啜了口啤酒。

“你都去了哪里？”阿德眯起眼睛问她。

“没去哪里，就是沿着梁城大道一直往右走，走出梁城，经过深水、苏瓦、歌乐……G33、S265、S342……我遇到了一些奇怪的动物，在某些村落，人烟稀少，我偷吃了他们晒在院子里的鱼干。”阿琳想起沿途的美丽景致，阳光的角度总是刚刚好，闲着的人们总是带笑，“我在山间看到了宝莲花、丽格海棠、海桐花，还有夏蜡梅，你不能想象那儿有多美，夏蜡梅在高山上，它的粉好像少女那看得到毛细血管的嫩脸庞。”

阿德没有打断她，静静地将那张寝陋面孔细细看。他讨厌这张脸，也讨厌不得不望着这张脸的自己。这真是个糟糕透顶的夜晚。听着阿琳说这种种的奇遇，他却想让她也带他走一回。

真该死，没有浪漫，没有温情，有的只是黑漆漆的绝望。他皱起眉头，难过不已。

“我觉得没有音乐很无聊，所以就回来拿我的贝斯了。”阿琳终于停了下来。

阿德依稀感觉到她的笑意，她居然是快乐的，如此简单、纯真。那么他自己，应该没有什么值得抱怨的。

“贝斯有什么用呢？”阿德说，“贝斯是世界上最怕寂寞的乐器了。”

“如果是吉他就好了。”阿琳将贝斯抱紧在怀中，“可是我都来不及学了。把它带在身边，我就会记得和你共度的好时光。”

这话让阿德有些慌神。他本能地躲开了目光，双手抓紧脚踝，用力地盯着邋遢的地板。

“我是说，跟你在的时间足以支撑一切的不好。”阿琳不知怎么了，突然敢于说这样的话，多日以来她第一次感受到心脏的剧烈跳动，“原本应该是这样没错的，我想，有了你，生活随便怎么无趣、残酷都是无所谓的。就算你什么都不会为我做，只要一周跟你共度几个小时，那每个星期都是值得期盼的。但事实上人并不能这么过活，我可以看着你一个个地换女朋友，但我不能看着你止步于某个女性，不能看着你眼里再也容不下别人。但我知道这一天总会来的，你并不会永远不幸，我总不能老是期盼你不幸，那太坏了，不是吗？”

“你从前从不说这些。”阿德鼓起勇气面对怪物的脸，看到的是阿琳退缩的表情。她从前总是这样，从不告诉别人“我需要个男朋友”，从不肯示弱。他猜阿琳是喜欢他的，但这算什么呢？他从来没有深入思考过他俩的关系，这对他来说太难。因此他从不给予他俩任何假设，没有了想象力，当然也不会有爱情。

“是的。我从不说。”阿琳低下头，“我现在说，只想告诉你，你是多么值得爱，值得我逃了又回来……”

阿德瞪着眼睛，吸着双颊，极力地压着眼底的潮涌。他承认自己对谁都不够好，固然是不值得深爱的。他向来只会和女人以吵架分手，要不就冷战，甚至打架。她们当然不会在伤痕累累时说分手快乐，只会说，林普德，你去死。现在他忆起他和阿琳各自坐在角落里，用乐器应和着，他抬头偷偷看她，她也对他报以微笑。空气仿佛是水做的，养分浓稠得不得了。

“我不能再留下去了。”叫阿琳的怪物起身，“再这样下去会让你记住我现在这个样子，你最好还是忘记这个我。”

他连忙跟着起身，像个孩子一般跟在阿琳身后：“你会回来吗？”

“怎么能？”阿琳张了张双臂，仿佛说，“就我这样，只能消失”。

“我能联系你吗？我是说，你可以带上电话。”

“原本带了，但我无法充电。”

“你总有办法。”

阿琳摇摇头，即将离开时，她回头，见阿德依然目送她，以受伤的眼神。她想起梦里影子的话，它说她随时可以变回人类，只要她愿意。这一刻她觉得她是会再回来的，重新做她的阿琳，做那个暗恋他的阿琳。

“你最好别再看我了。”她说道。

“I will miss you.”阿德突然用英文说，FuTile钟爱演唱英文歌，他们都爱那腔调，好像变成了他们自己的腔调。

阿琳的离开简直像某场报复。林普德烦躁地挠着长发，趴在栏边看一个黑影

夏无觞 / Illustration

嗖嗖地飞走。虽然好像苍蝇似的让人悲伤，但总算是在飞，而他自己，一辈子都飞不起来，连成为苍蝇的勇气都没有。她把悲剧变成了喜剧，轻快地走天涯去了。

她会去哪里呢？这次可能会向左边走，去看大海，然后趴在某只船上，到美洲去见大角麋、驯鹿、黑熊和黄鼠，她会躺在花丛中唱歌，会把贝斯弹给森林听。但她不会留一点音讯，不需要向任何人解释或报告，不与人分享感受和喜悦，只成了奇特的想象力。

属于阿德的，黑洞般深不见底的想象力，让他成了她，也到了世界上的每个角落里去。

05

那之后，已经两年了。

林普德关了杂货铺，租了个LiveHouse，招呼各路乐友进驻演出，顺便卖卖鸡尾酒。这其实与杂货铺没差，只是他再也不用睡眼惺忪地回答顾客的问话“哦这个塑料盘质地可够硬，就卖九块九”。他求母亲与父亲离了婚，丢了老婆的父亲起初对他恶言攻击，但仅仅半年，英俊的父亲很快就觅了新欢，而他的母亲，因为伤心，生病住进了医院。

“我们原本很幸福，你害我失去了他。”每次到医院，母亲都朝他扔东西。

生活的担子，不是说放下就能放下。他倒是很认命，却是不肯上进，这基因，估计是父亲传给他的。他对阿琳的思念变成了一种祭祀，咖啡馆、书店、酒吧，甚至她曾住的小区，全都是他悼念的场所。

阿琳走后，痛失女儿的父母报了警，满大街贴寻人启事。阿德曾经偷偷地一张张地把寻人启事摘下来，他可不想阿琳的照片贴满大街，看着像个智障。

更像是遗照。

阿琳是在一个雨夜回到梁城的，夜还没有完全深，警笛凶鸣，几十年没有什么大声响的小城忽然响起枪声。一切发生在离阿德的LiveHouse不远处，当时他刚好从屋里走出来，点燃了一支烟。他原本不打算去凑热闹，但夺门而出的人太多，他觉得不妥。这不幸的枪声，唤醒了市民们喜出望外的表情。

人群围出了个大圈子，警灯闪在墙上，闪出惶恐与兴奋。那是一座孤零零的五层楼房，四楼外墙上趴着一团黑色，他们用镭射灯来照，发现是只怪物。阿德一眼认出了这只不知男女的怪物，他一边扒开人群，一边喊“Lin”。

他的声音完全淹没在警察的嘶吼和群众的沸腾声中，地上的警察用阻击枪对着她，甚至楼顶也安插了成堆警察举着枪围堵她，她已经没有了去路。

如果不是她曾经出现过一次，警察肯定不会准备得如此快准狠，可以说，他们等她两年了。

梁城要出名了，要上《人民日报》头条，要上《新闻联播》专栏了。

警察们正在紧张地商讨着是生擒，还是射杀。

阿德头皮直发麻，全然不觉自己已被警察架了起来，双脚还在挥动着，狂吼着放了她，你们放过她！

直到嘭嘭几声巨响，怪物应声从高处跌落。所有人都从枪口后面伸出了眼睛，拉长了头颈。三秒的寂静，阿德挣脱了束缚，疯了似的跑向怪物，其他人重新架起枪，小跑奔往现场。

“Lin。”阿德抖着扑倒在怪物身边，却不知该如何搀扶它，“你回来了，你为什么回来了？”

怪物负了重伤，血混着水流了一地。它大口大口地喘着气，却始终不肯启齿。阿德徒劳地用手帮它摁住伤口，却听见身后的枪纷纷上了膛。

“不要伤害她！”他张开双手护着，“她没有伤害任何人，你们没有权力！”

“小子，走开！”长官命令道，“它会把你撕成碎片的！这是异生物入侵！”

阿德将怪物放在自己的臂弯里，说：“我带你走好吗？我带你回家吧？”

“别。”阿琳微弱地说，“你让我走，让我走吧。”

“我妈妈住院了，谁也不在家里。”他温柔地哄道。

阿琳不说话了，像是默许。他转身与长官谈判：“我会带她回家，好吗？我保证不烦着任何人，不惹任何事，一切会像从前那样太平，好吗？”

“你保证不了，小子。”长官讽刺地说，“我不需要确保你的安全，也得顾及你邻居的安全。”

阿德彻底怒了："你又不是我邻居，你闭嘴！"他起身几乎要跟他们扭打在一起，却在不经意间，黑影从他身后掠过，朝另一个方向逃去。速度很快，警察还没有来得及重新开枪，黑影便跳到墙上，顺着墙消失了。

闹剧的戛然而止让所有人都落了空。阿德蒙蒙地注视着天空尽头的黑，就像早已注定那般。他知道是什么使阿琳选择离去，就像他早已不对自己抱有希望一样。

06

林普德是在草丛和岩石堆里找到阿琳的。

全梁城的警察都在找她，还带着警犬，赶尽杀绝除后患。不过他们再也找不到了，这世上已没有怪物，只有阿琳躺在山间，肩上和小腿都汩汩地淌血。血结成了块，把她长长的黑发粘到一起。她时而抽搐，时而发冷地凝望着天际。

林普德跪坐在她身边，将她扶到自己的怀里。

"你回来，为什么？"

"我回来看看家里人可好，我一次都没有回来过。"阿琳虚弱地说。

"他们满世界找你。"

"嗯。"阿琳笑了，"怎样都行，我希望他们都能过得好……"

"我以为你不在乎。"阿德打断她。

阿琳的目光渐渐在他脸上聚焦，闪出一丝奇异的神采："是呀，我原本不在乎。我只要我的自由，我只要悠然的生活。但是这样的日子太长了，太长太长了，我始终一个人，什么都没有发生……也许它该结束了……"

"你怎么可以……"阿德的泪水比他想象中来得突然，他不知是该先轻抚虚弱的女孩，还是先擦擦自己的泪水。他发现自己哭得那样真实，仿佛是自己受尽了委屈，"你怎么可以把自己交给那些人，你应该先来找我。"

"我找过你。"她宽容地笑起来。

他羞愧地低泣起来，良久才吐出那几个字："对不起。"这几个字来得有多迟，全部化成了泪水冲刷了出去。阿德何曾这么大方地哭过，他以往的哭，都只是憋闷、抱怨、撒野。阿琳松懈地躺在他臂弯里，看那双湖蓝的眼睛，她照见了自己。那个清清落落、寻寻觅觅的女孩，她曾怎么长大，怎么工作，交了怎样的朋友和怎么去爱……她曾怎样逃离一切，而后了结一切。

“你怎么会变成那样，现在又……”

“我也不知道，我无法再产生希望。”她伸手替阿德拭干泪水，“但是那天晚上我太吃惊了，你从不那样。我不想走太远了，往哪个方向走都一样，哪里我都去过了。我想休息，我想留在这里，我想，我不应该留你一个人，至少从今以后不应该。”

阿德使劲点头，将她搂得更紧。稍纵即逝的事物太多，他只能拽紧现在。

“我们去医院吧，好吗？”他轻声说。

阿琳点头，于是就沉沉地伏上了阿德的瘦背，由于疼痛，她紧拽他的衣服。阿德弯着腰，在崎岖的小路上艰难行走着。山间春景温润而斑斓，无名小湖上明镜止水。阿德不敢再多说话，只心甘情愿地把女孩的所有重量都承住，让她把脸埋在自己的后颈，让她的呼吸落在自己敏感的肌肤上。

闭上眼睛，似小船般摇摆的，大概是她的灵魂，在黑暗深处，现出一个穿白色衣裙的女子，不知坐在谁家的院子里，瘦削的双肩，悠闲地玩她很久以前就想学却一直没有时间学的尤克里里。她开始不再顾虑可能会向坏处发展的势态，不再担忧无法把握的未来，她知道自己可以随时操纵一切，就像操纵自己的生命一样。

“阿琳她……会回来的。”阿琳说。她要成为那个女孩，让勇气笼罩着生活，一直留在那里，直到意识模糊。

“我可以睡会儿吗？”她问。

尚未等到回答，她就滑向了睡梦深处。

— ZUI COMIC —

车迷

迟卉 / Text　lars / Illustration

——或许你不知道，道路上来来往往的，
除了车和人之外，还有些别的什么东西。

我认识“车迷”的时候，聚会里每个人都忙于认识彼此。而他坐在窗边，看路上的车流来来往往。然后他转过身，对我微笑。

“你喜欢车吗？”他说。我点头。其实我撒谎了，我不喜欢车。但我喜欢他，看到他的那个瞬间就喜欢上了。

后来我们经常一起出去玩，他时不时地指着一辆车，告诉我说，那辆车是什么型号，什么种类，有多么少见。

我就笑。安静地听。

对我来说，所有的车都是一样的。

在我眼中真正独一无二的是他。

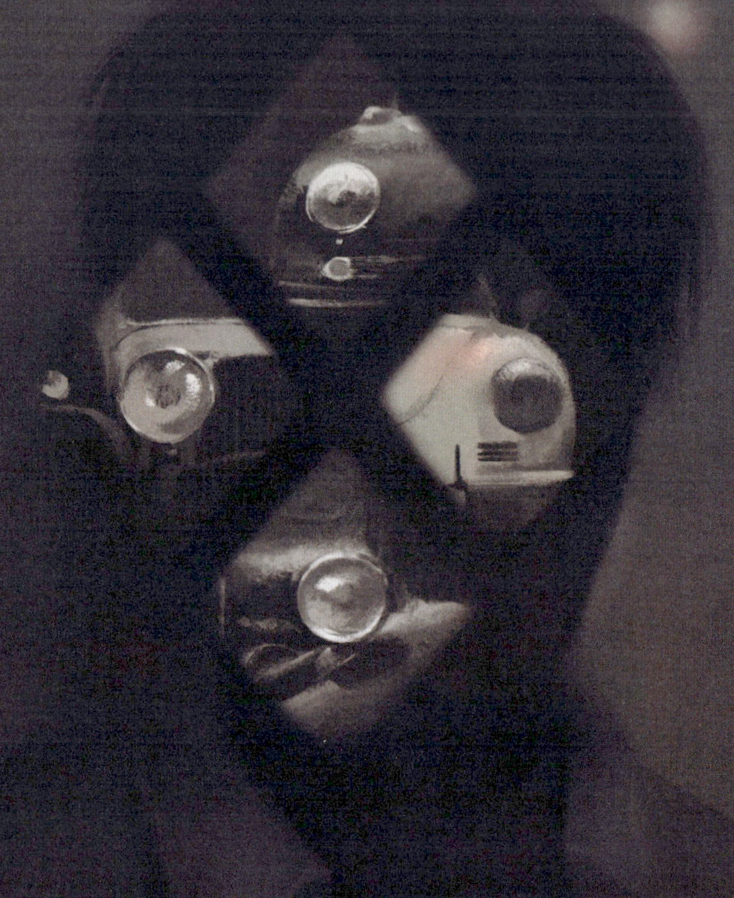

因为他太痴迷于各种各样的车，大家都叫他“车迷”。几乎所有人都忘了他的名字。只有我还记得。

有时候我们会谈论起买车买房的将来。他说，自己之所以一直没有买车，是因为要决定买哪一台车实在是太难了。有那么多美丽的车，那么多令他着迷的车。他都想要。

“女孩子也很难做决定的吧？如果眼前有很多帅哥的话。”他说。

我看着他帅气的脸，点点头。

那天，我们去参加一个聚会。我叫了小堇一起。我们花了很长时间打扮自己。我是为了让车迷开心。而小堇说她是为了让自己开心。

在我把小堇介绍给车迷的瞬间，我看到他的眼睛亮了起来，比发现一辆稀有车的时候还亮。

我意识到，我这段感情算是彻底没戏了。

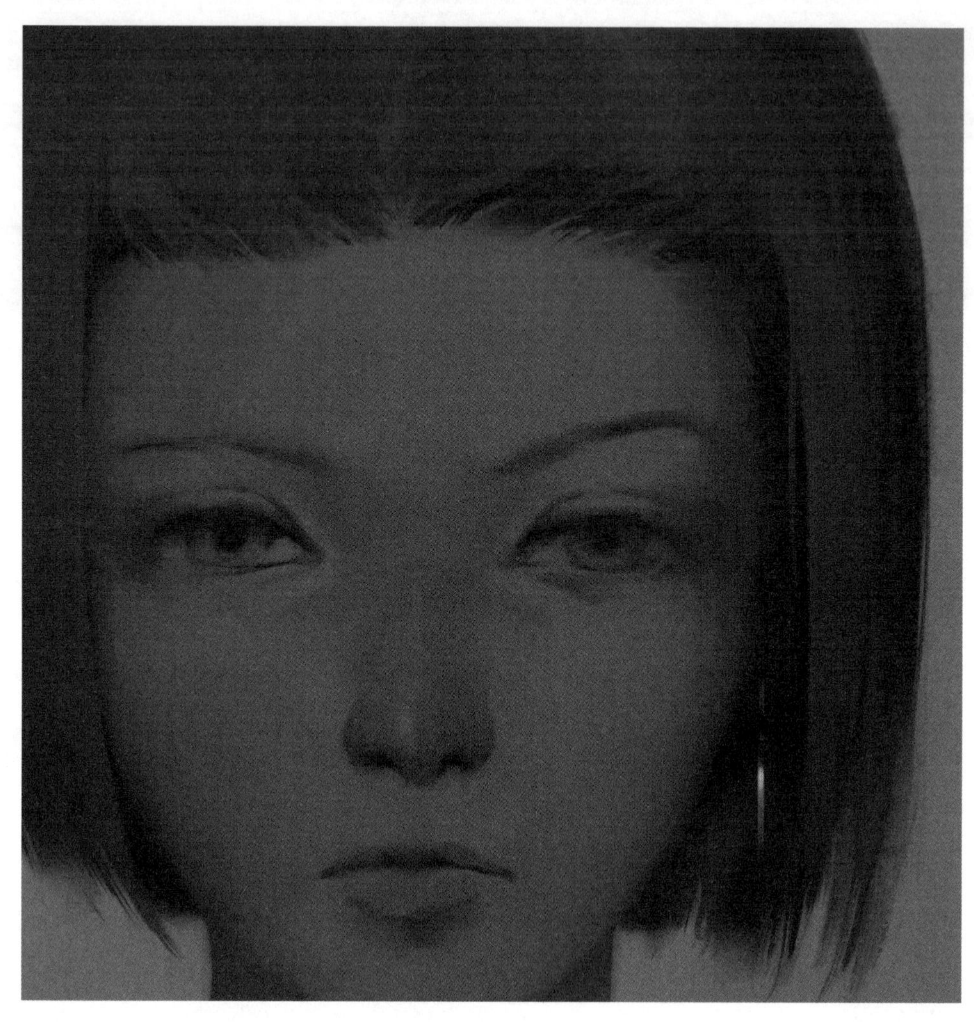

仅仅几个小时后，我就亲眼见证了车迷错失良机的那个瞬间——车迷不仅喜欢车，喜欢开车，他还特别喜欢炫耀自己对道路和方向的直觉。他说自己从来都不会迷路，从来都不会弄错方向。

他说自己简直就是个人肉GPS。

“你们女生就需要像我这样的男朋友。”车迷对小堇说，“毕竟你们都比较路痴，哈哈。”

小堇的笑容瞬间消失。

我和小堇是多年的闺密。她从来不路痴，方向感好得令我嫉妒。每一次我们去逛商场的时候，我都会迷失在七拐八绕的商店和电梯中间，而她总是笃定地拽着我的手，把我领到某个我从未找到过的店铺。

我看看她的表情，叹口气。

看来车迷是彻底没戏了。

小堇拒绝了车迷的追求。但我们的闺密关系一如既往。一起出去逛街，购物，吃冰激凌。并且比较各自的体重，坚定地表示对方瘦了而自己胖了。

“你还在跟车迷折腾啊。”她舔着冰激凌勺子说。“感情这东西嘛，不讲道理的。”

后来车迷又约我出去。我们坐在火锅店里，看蒸汽氤氲。
“车和女人……”他说，“我至少得拥有一样。对我来说，一个女人就够了，但只有一辆车是远远不够的。车是男人一生最美好的目的。你是我最好的朋友，你应该能明白。”
我就笑。

在那之后，车迷就基本从我们的生活里消失了。

直到那天他出现在小堇的车里。准确地说，出现在GPS定位系统里。

当时我们正打算去购物，小堇说她开车，我们刚坐进去，就听见GPS里传出一个男性的声音。

“你好，小堇。”它说，“要我送你去哪儿？”那是车迷的声音，分毫不差。

当时觉得后背的每一根汗毛都竖了起来。

据说，在被小堇彻底拒绝之后，车迷下定决心，要去实现他“拥有所有梦中情车”的愿望。当然，他没有那么多钱。

于是他另辟蹊径，找到一家公司。

他们把他扫描又计算、分解又切割。最终得到一个完美的人类意识数据包，将他放进巨大的服务器里，令他荣升有史以来第一个以人类意识为模板的高级人工智能。

按照协议，这个人工智能的一部分算力被外包给汽车公司，生产定位和寻路能力极佳的软件，下载到几乎每一台私家车的GPS上。

在更新软件之后，他就在那里，在每一台车里。他现在属于那些车，每一台他想要的车。

“我不要开车了。”小堇说。

我拍拍她的肩膀。

“买个小电驴？”

她没买小电驴，买了辆自行车，和我的同一款。我们俩都卸载了手机上的GPS定位系统。车筐里随时放着一份纸质地图。

春天到来的时候，我们并肩去郊外骑行。身旁时不时有车经过。

“你说，他会不会用行车记录仪看我们？”小堇问。

“应该会吧。”我说，“感情这东西是不讲道理的。”

我们站在温煦的阳光里，等待绿灯亮起，车流来来往往。每一辆看起来都没什么区别。

THIS IS
US

上帝沉默之时

陈梓钧 / Text

图片来自网络

跪在空神像宝座前的亚述王

来自文献 Jaynes J. *The origin of consciousness in the breakdown of the bicameral mind*[M]. Houghton Mifflin Harcourt,2000.

陈梓钧

《科幻世界》签约作者，曾获两届银河奖与一届全球华语科幻星云奖，主要创作有坚实科技基础的硬科幻作品。

二分心智的崩塌：人类自我意识的起源

JULIAN JAYNES

THE ORIGIN OF CONSCIOUSNESS IN THE BREAKDOWN OF THE BICAMERAL MIND

你知道自己是谁吗？

在我小学的时候，我突然意识到“自我”的存在。那是在一次糟透了的考试后，我心里蹦出了两个小人：一个小人说，把试卷丢掉，回家假装不小心弄丢了；另一个说，不行，要做个诚实的孩子。此前这种对话都是无意识的，但那时，我突然非常清晰地意识到，这两个小人其实都是“我”的思考，而“我”的这种自我审视，则是一种更高层次的自我认知。就好像鱼跃出水面时才发现自己原来生活在水里，那时候我似乎“跳出”了自己。当从一个外在的角度审视着自己时，我才感受到了自我的存在。

我是谁？我为什么是我？我为什么会操纵着这具肉体？我为什么会在这个时代出生而在若干年后消亡？在茫茫无尽的时空之中，我为什么如此特别？

人类智慧的一大特点，就是具有强烈的自我意识。

心理学中关于自我意识的最经典实验就是点红实验。实验者在八十八名三到二十四个月大的婴儿鼻子上点一红点，然后观察他们照镜子时的反应。结果发现，十五到二十四个月大的婴儿会对着镜子观看自己的身体，并试图把自己鼻子上的点红抹掉（Amsterdam，1972年）。某些动物也具有自我意识。上述的红点实验，猩猩照镜子后也会试图抹鼻子，但公鸡就会试图和镜中的鸡搏斗。虽然自我意识不是人类的特权，但人的自我意识一定是最复杂的：撒谎、自省、冥思、心理斗争、精神分裂、多重人格……人类社会文明的一切复杂技巧，似乎都离不开自我意识的运作。

很自然地，人们开始思考：自我意识是如何起源的？

这是一个极为艰涩的问题。佛教中的唯识学便试图阐述这一问题，那是佛教最艰深晦涩的法门，《解深密经》《瑜伽师地论》等，可以说是佛教中的理论佛教，如同物理中的理论物理。现代心理学对此也做出很有趣的解释，那便是“二分心智”理论（The bicameral mind theory）。

阿摩司，旧约时代带职事奉的先知，他的名字就是“背负重担”的意思。

“二分心智”这个词是由朱利安·杰恩斯创造，他在1976年出版的书 *The Origin of Consciousness in the Breakdown of the Bicameral Mind* 中提出，人类直到大约三千年前才具有完全的自我意识，在此之前，人类依赖二分心智（bicameral mind）—— 一半脑会听见来自另一半脑的指引，这种指引被视为神的声音。当二分心智最终坍塌时，人类的现代自我意识被唤醒，最终具有了内在叙事（internal narrative）的能力。

杰恩斯归纳了许多古代传说和典籍，发现在三千年前的很多著作中都缺乏“内在叙事”的特点，比如“自省”“内心独白”与“心理斗争”，相反，人物的行为常常都寄托于上帝的旨意、神秘的呼唤、来自梦境的神谕，或是神明附体时传递的声音。《圣经·旧约》中有相当多与先知有关的内容，都是先知转述的来自上帝的声音，比如《阿摩司书》记载的一位“小先知”阿摩司的叙述：

耶和华如此说：推罗三番四次地犯罪，我必不免去他的刑罚。因为他将众民交给以东，并不记念兄弟的盟约。我却要降火在推罗的城内，烧灭其中的宫殿……

耶和华如此说，以东三番四次地犯罪，我必不免去哪张脸看起来更开心？右撇子大都会选右边的人脸。来自文献 Jaynes J. The origin of consciousness in the breakdown of the bicameral mind[M].Houghton Mifflin Harcourt,2000.

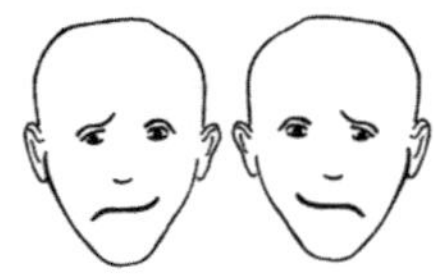

他的刑罚。因为他拿刀追赶兄弟，毫无怜悯，发怒撕裂，永怀愤怒……

《阿摩司书》成书年代较早（公元前804年）。在西方历史传说中，直到荷马的伊利亚特记录的时代（公元前1100—前900年），这种来自上帝的声音都非常显著。这是个很有趣的现象：目前世界上的几大宗教都诞生于那个时代（公元前1000年左右），在那之后，几乎没有产生有影响力的新宗教。

“二分心智”对此提出了解释。通过在《旧约》、玛雅石雕和苏美尔著作中找到的证据，杰恩斯推断那时候在世界范围内发生了二分心智的分离。他提到大约公元前1230年的一座石雕，亚述王跪在一个空的神的宝座前。从那时起，人类再也听不到“神的声音”，他们以为自己被神明抛弃了。

今天，这种“神的声音”也有例子，比如精神分裂者的典型症状就是幻听，并且他们真的相信是有人（或上帝）在对他们说话，真的会按照这种幻听的指导行事。更极端的还有幻视和幻触，乃至完全模糊了现实与幻想的界限——当他们想象河上有一座桥时，他们会相信那座桥真的存在，会试图过桥然后掉进河里。

在精神分裂症的研究中，这种幻觉的医学基础已经逐渐明确：人脑左右两个半球是不对称的。一侧脑半球更多地发出指令，另一侧脑半球更多地接受指令。如果不相信，不妨看看左图，它可以测出你的“指挥半球”是哪一侧。若连接大脑两半球的器官出现病变（或还没完善）时，接受指令的脑半球无法判断信号是从哪里来的。它们与耳朵传送来的信号混杂在一起，产生幻听。神的声音，其实是大脑的自言自语。

据此杰恩斯推断，在三千年前，古人都处于这种二分心智的状态，就好像水中的鱼意识不到水的存在。他们没有自省与内心独白这样的意识活动，行事除了依靠本能，便是听从大脑中的“上帝之声”。语言的发展、社会分工的复杂让人脑逐渐进化，而当大脑进化到某个时刻，人脑意识到那并不是神的声音，“二分心智”状态被打破，那就是人类意识到“内心”与“自我”的瞬间。

杰恩斯声称，自我意识，诞生在上帝沉默之时。

然而，精神分裂症的形成机理目前还是脑科学和心理学的未解之谜，用一个谜来佐证另一个谜显然不太好。“二分心智”只是意识产生的众多理论中的一种，有很多漏洞。但这并不妨碍它找到应用，那就是“人工智能”。

最近有一部美剧《西部世界》，讲的是人工智能产生自我意识的故事，整个故事几乎都是在“二分心智”理论基础上建立起来的。这不仅仅是导演诺兰的脑洞，在现实中，这样的技术已经出现了，比如前些日子闹得很火的“阿尔法狗”。在围棋比赛中，它击败了人类棋王李世石，爆出了大冷门。它的算法就是典型的“二分心智”的产物——自我对弈。科学家让“阿尔法狗”分裂为两个（或 N 个）核心，彼此进行数以百万计的自我对弈，以提升围棋水平。这种自我训练的方法还常见于其他的人工智能：体育比赛、彩票赌博、诗歌创作、电脑游戏，甚至战斗机的作战方案，也可以通过无数局自我对弈不断提高。

诺贝尔奖得主约翰·纳什，也是影片《美丽心灵》的原型。

那么人脑呢？我们常常看到精神分裂或多重人格患者的智力超群，譬如诺贝尔奖获得者约翰·纳什（可以看看电影《美丽心灵》）和凡·高。人是否能通过与“上帝”的对话，或是多个人格间的自我对话变得更聪明呢？

于是，我们从一个哲学问题“我是谁”出发，由此触碰到另一个终极哲学问题：“我们要到哪里去？”王晋康在《终极爆炸》中曾写过，几个顶尖科学家通过脑机接口并联了意识，合作攻破了物理学的最终难题。当再次发生“二分心智”乃至“N 分心智”的崩塌时，或许便是新人类诞生的时刻。

对此，杰恩斯曾十分敬畏地写道：公元2000年末，某种意义上，我们仍身处这场通向新的心智的转折中。我们都处在“二分心智”坍塌的残骸之中。我们的国王、总统和官员过去还听着神的指示，现在只能带着对沉默神灵的宣誓而开始他们的任期。

旧的神灵存在于我们的大脑之中，而新的神灵，我们中的每一个，或许都只是组成他的一个微不足道的细胞。

ZUI · 视界

女巫手记

幽草 / Text

赤豆 / Illustration

幽草 | 上海最世文化发展有限公司签约作者

已出版作品：《狼少年》

其他代表作：《文艺风象》连载《蜜糖革命》

神秘主义者，占星学爱好者，兴趣是研究历史上的神秘学和上古神话。

在时下的影视漫画小说中，“女巫”是个让人着迷的元素，无论是宫崎骏《魔女宅急便》里骑扫把的小魔女琪琪，还是漫威《复仇者联盟》中的绯红女巫，都是讨人喜欢的形象。可在我小时候，“女巫”通常意味着坏老太婆，身披黑色斗篷，骑着扫把，又老又丑，满脸疙瘩，在一个大锅里煮着蟾蜍和蝙蝠的汤，吃小孩，令人害怕。“女巫”这一形象总是和梦境幻想联系在一起——那么，女巫是否真实存在过、真正的女巫又是什么样的呢？

女巫当然真实存在过。不过有别于今天的我们对“女巫”的刻板印象。现在说到女巫，我们通常会想到《哈利·波特》、诅咒、毒药和魔法或各类RPG游戏，然而历史上的女巫可没有这么法力通天。

“女巫”即女性巫师，巫师则是精通法术之人。在科学普及之前，凡是能与自然之力对抗的能力都被人们归类于法术，这也意味着大部分知识在作为自然的因果规律被人们所熟知之前，都被视为“法术”或“魔法”。这些隶属于“魔法”的学问中，最有名的莫过于草药学、通灵学、占星学和炼金术，它们正是今日药理学、哲学、天文学和化学的前身。

在文明出现之时就有了巫师。上古的部落时代，一个“巫师”通常意味着是部落里最有智慧之人，通常也是部落的首领，可以说是人类社会中知识分子的雏形，而自皇权出现后，“巫师”则专为国王和贵族服务。此时的“巫师”通常是神殿的祭司，他们通过传达神的旨意来帮助权力者统治国家，相当于今日的政治顾问或智囊。古早的历史传说里，英雄和国王的身边总能看见巫师的身影：希腊时代最有名的女巫莫过于特洛伊城的阿波罗神殿女祭司卡珊德拉，她准确地预言了特洛伊城毁灭的命运；此外还有科尔喀斯岛国的公主美狄亚，她是赫卡特神庙的祭司，精通占卜、毒药和黑魔法，用自己的能力帮助英雄伊阿宋在“金羊毛战争”中凯旋而归。英国威尔士地区流传的“亚瑟王”传奇里，也有大魔法师梅林和女巫摩根的身影。甚至，《圣经》中耶稣诞生，从东方而来的三位智者，依然可以称之为巫师。

巫师（wizard）一词的词源意指“智慧之人”，而女巫（witch）一词则源于古英语中的“wicca”，它的意思是智慧之女。从这些词语的原意和以上传说中，我们可以看到，所谓的“巫师”通常意指一个地区里拥有知识的那些人。在基督教统治欧洲的中世纪以前，人们尊重当地会制药、行医、读写的那些女人，因为她们掌握了普通人所不具备的自然知识，能辨识

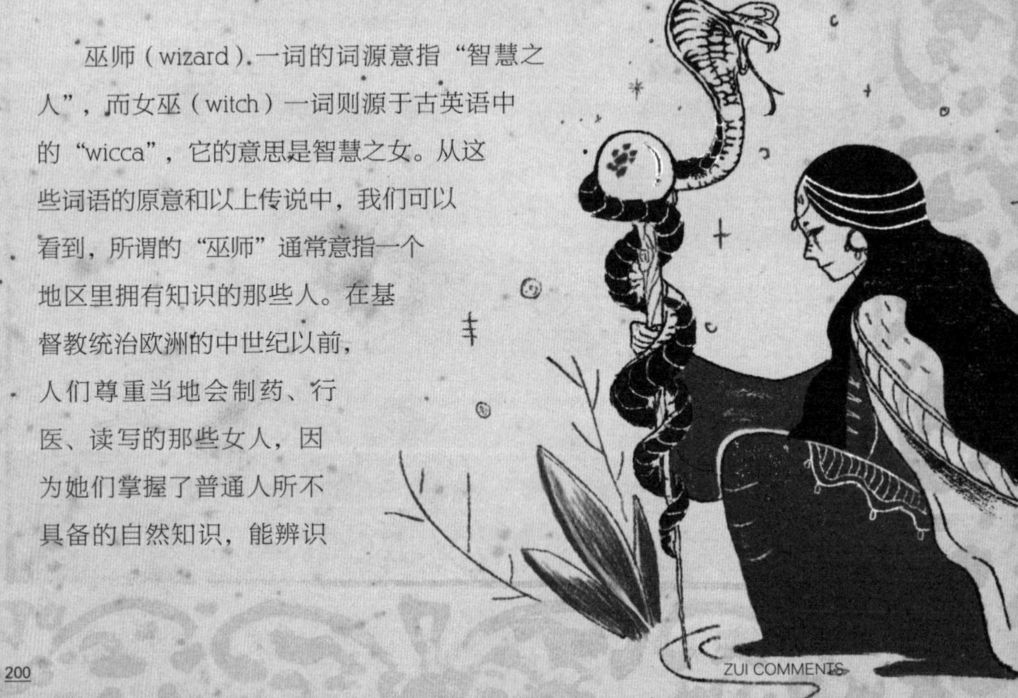

天气、指导种植、行医等。这样的人当然并非只有女性，只是以女性居多。而直到中世纪以前，人们对待“巫师”的态度也还是善意至少是中立的。

中世纪以来，基督教（分类众多，此处笼统称之为“基督教”）在欧洲大行其道，天主教皇的权力超过了欧洲的所有国王，一切有悖于教会的知识或理论也成了异端学说。拥有知识以及行医问药成了教会的专利特权，而那些拥有知识的非神职人员则被视为异教徒，受到教会迫害。“巫师”一词也转变为“异教徒”和“邪恶”的象征。

这个时期已经有零零星星的猎巫运动，被猎捕的巫师则被当成异教徒处死。而“猎巫运动”之所以变成专门针对女性的“猎杀女巫”运动，不得不提1487年在德国出版的奇书《女巫之锤》，这是由两位德国的修道士兼宗教审判官写下的。我们今日对“女巫”的印象，譬如她们骑扫把在天上飞、与猫为伴、用大锅煮草药等形象，都是由这本书所奠定的。

《女巫之锤》依据《旧约》“行邪术的女人（witches），不可容她存活。”（《出埃及记》22：18），将矛头对准女性。它详细勾勒了女巫的形象、列举了女巫的通天法术，之后则教导人们如何有效地辨别女巫、审判女巫。依据该书的理论，女巫与魔鬼交配，她们能支配男人的情欲，能杀死胎儿、伤害牲畜，支配冰雹、风暴和闪电等。这几乎将社会中的一切不幸归咎于女巫的使坏。某地区倘若遭遇了毁灭性的天气，意味着当地有女巫居住；一个女性如果偷情、拒绝了某个男人的求欢、替人接生失败或自己遭遇流产，她也很有可能就是“女巫”。加上当时的教会鼓励人们相互猜疑、告发，无数无辜女性在这种风气下惨遭牵连。

审判女巫则伴随着严刑拷打的逼供，因为“女巫被魔鬼施法，对疼痛不再敏感”，因而一个女性只要被怀疑是女巫，基本上没有翻盘的机会。在大城镇，被怀疑的女性屈打成招，被架上火刑柱烧死；在小村庄里，甚至没有正式的司法审判，人们用乱石打死嫌疑人。15世纪到18世纪，欧洲各地火光熊熊，整整三个世纪里，约有十到二十万名“巫师”受到审判，五到十万人被迫害致死，其中四分之三以上是女性。

为什么是女性？在某种意义上，这源自人性的自我阉割。基督教的教义使人们相信，虔诚地信仰上帝就能得救，因而那些突如其来的灾荒与不幸必定是魔鬼干的；同时，虔信上帝使人们对性欲产生罪恶感，男性将自身的性欲解释为“女巫的勾引”。《女巫之锤》中女巫的形象使人厌恶恐惧，而她们的所作所为正是人们对自然的不安、对自身性欲的罪恶感的最直接写照。创造出“女巫”的形象，便可永葆上帝的光辉不灭，使人们安缩在信仰的坚固房间里。

18世纪以来，随着理性主义运动的兴起，“猎巫运动”也进入尾声。越来越多的人倾向于认为不存在女巫，同样也不存在什么“魔鬼”和超自然法术。自然科学取代了巫术，神秘主义仅在小圈子里口口相传，而在大众心目中，“女巫”也成了那些摆弄水晶球的吉卜赛女郎，或自称能为人招魂赶鬼的神婆的代称。然而，由《女巫之锤》而奠定的“女巫”形象却流传了下来，成了文艺作品中代代不衰的素材。Ⓣ

ZUI·写作

从零开始的异世界

中二病幻想作品生产指南

陈奕潞 / Text

图片来自于网络

*The Arrival*绘本插图，讲述旅行者流亡异邦的故事。

陈奕潞 I 上海最世文化发展有限公司科幻派代表作家

两届全球华语科幻星云奖获奖作家。
已出版《神的平衡器》《2037化学笔记》《住在身体里的人》等八部长篇小说。
自称设定狂人、小说影视剧细节控，克苏鲁爱好者，喜欢不切实际地开脑洞，但鄙视一切假脑洞真瞎掰行为。

大学有一段时间看了很多幻想故事。包括电影动画和小说。一面觉得“作者太厉害了”，一面又想知道作品里真正吸引自己的东西是什么，于是记了笔记。作为一个作者，我从这份资料里得到了一些有关创作的启发，故而在扉页标记它为“中二病幻想作品生产指南”。

阅读体验和其他体验一样，是为了让人见到不一样的东西。大部分人一生固定生活在一种状态中。虽然人可以到世界各地旅行，但一旦成年，头脑里的世界规则即完整的世界观塑造达成，从此就被囚禁在一套完整的思维体系里，有些东西就很难改变了。每个人固有的思维体系是身体的一部分，如内脏四肢一样重要，却也束缚了我们，让我们产生了儿童不会有的盲区——小孩子的世界通常有着更多的可能性，他们会相信仙女和奥特曼，而我们则会一面对孩子说“圣诞老人是存在的”，一面在心里嘀咕“那不可能”。

电影、电视剧、小说、动漫、游戏……各种形式的“创新”应运而生，就像蜷缩在棉被里的人，虽然贪恋它的温暖，却会忍不住掀

《神奇动物在哪里》剧照里的“嗅嗅”。

开被子踢出一条腿一样，人们对创新和“异类”的猎奇心理，一直是生存的重要一环，缺乏猎奇欲望的人，常常是用其他欲望替代了这类诉求。

“阅读体验和其他体验一样，是为了让人见到不一样的东西。”——这些东西包含很多种，有看起来十分肤浅的，也有更加深刻的，因人内心欲求不同而不同。在幻想故事中，你会看见大自然从未有过的生物，如西方魔幻和东方玄幻故事里的“龙”。“创世”的欲

《冰与火之歌》电视剧中的龙女和她的龙，龙女使用的语言是马丁和大卫创造的。

望不是开始于现代，对于已有世界的厌烦、对于未知的敬畏，渗透在历史的各个角落里。“从未有过的职业”——驱魔人，“从未有过的疾病”——红死病，“从未有过的天灾和拯救天灾的英雄”——后羿射日。现在仍然会有人说，这些东西都真实存在过，这就是讲故事的人厉害之处：他们的故事有着严密自洽的逻辑体系和细节，属于一个完整的世界，在这个世界里，你相信龙存在，相信有吸血鬼，相信巫师伏地魔和小雀斑的《神奇动物在哪里》。而作为一个世界的缔造者，一个作者，我们则常常纳闷：前辈 / 大神们是怎么做到的？真实可信甚至演变为信仰的幻象，它们是如何成功地扎根于人的内心世界的？

《冰与火之歌》的作者马丁，在故事中创造了不止一种语言，但与本身就是语言大师的托尔金不同，他本人并不是语言学家。在故事被搬上荧幕、拍成电视剧的时候，制作组聘请了大卫·皮特森。他根据马丁在书中给不同国家的人编造的名字的词尾和剧中的几句话（包括“Valar Morghulis”，即凡人皆有一死）来分析词根，推测“如果有这样的一类语言存在，它应该是怎样的”，从而创造了电视剧里的高等瓦雷利亚语和普通瓦雷利亚语，拿中文比方，类似于创造了虚假的文言文和普通话。电视剧中还有很多细节，包括服装风格和每个国家的文化的呼应。一些肤浅的电视剧，顶多会考虑热带国家穿布条，北方城市穿棉袄，但更深层的“这个人的身份职位”“这群人的出身背景”“这个村子的宗教”“这群人是哪两个国家的人的融合”……很少有人会花时间去考虑、去精工细作，而其实，这些才是一部幻想作品最能打动人的地方。作者要从最微观和最宏观的背景去创造、稳定一个“虽然不存在，但如果存在应该是这个样子”的世界，而后，才能够用花哨的表演，比如飞龙喷火、巫师施法、女妖歌唱……来打动人。一个忽视细节、只顾吸引观众眼球、大喊一声“看这儿”的作品，注定是短命而又让人失望的。成功的故事，作者相信他所创造的世界真实存在，回顾如《西游记》《哈利·波特》《十二国记》《魔戒》这些作品，不难发现它们骗过了观众的同时，也骗过了作者自己。

《逆世界》剧照里的上下城市和普通职员。

《钢铁侠》剧照里的托尼·斯塔克。

构想出一个完整的世界，它的社会结构如何？和现有的社会结构有什么差别？有什么当今社会没有的特殊职业？现在社会不起眼的职业如果变得重要了的话，会是什么样子？是什么样的变革导致了这样的变化？这些看起来复杂大量的信息，可以压缩在一个职业、一个词语、一个现象中呈现。（比如 Doctor Who 中的 Gallifrey 星球的时间领主，让人潜意识里明白：时间可以是一个种族，抽象的时间是可以拥有人类的外表和寿命的。）

《蚁人》剧照里的蚁人和好帮手。

有时候建筑也可以传达出社会的变化，建筑承载着众多功能。建筑的材料、风格、形式，与你所构建的社会的人文相互呼应。实际上即便是现实风格的电影、历史电影，导演也在创作他们自己的世界。

即便改变一个很小的细节，仍然可以构建一个庞大的世界。改变人类身上一个微小细节，仍然可以“Ruin his life”。如《蜘蛛侠》《钢铁侠》《绿巨人》，这些故事里，社会和周围的人似乎还是我们所熟悉的人类，只是主人公经历了一件“看似微小却致命”的事件，导致了他和他自己的关系的变化（如何对待自己？）、他与所在城市的关系的变化（我现在是处于社会的哪一阶层？我的责任和使命是什么？我该畏惧什么？）、他和家人关系的变化（我是异类了吗？我是害群之马吗？我还能维持从前的家庭关系吗？），以及他外貌的一些变化……所以讲一个好的有趣的幻想故事，其实不需要把整个世界都扔到中世纪或清朝、唐朝，作者可以从主角入手，让他来承载“异化”的整个压力，同样可以让观众和读者提心吊胆、不敢把视线移开。这与“那个世界有什么、人们如何生活”的好奇心不同，更多的是人的同理心、代入感主宰整个阅读 / 观看过程。

自童年时期始，人类潜意识都有这样的一种担心：“如果有一天我变为这个世界从未见过的异类，是福是祸？我是会被接纳，还是会被当作异物排出体系？”“社会或国家发生变化，导致我变成了异类，我该如何自处？”“拒绝妥协融入团体，会导致自我毁灭吗？”从社会心理学来看，这也许是群居动物的共有梦魇。战争、经济、天灾、偶发事件……都可以让一个人从普通人变为异类，他如何面对这种改变？如果一个星球上的高等智能生命不是人类这样的群居生物，也许它们热衷的电影会是相反的类型。

《山海经》里的奇怪动物。

图像可以完成文字无法做到的很多事。文字也可以做到影像难以做好的很多事。Shaun Tan 的 The Arrival 绘本里，讲述了旅行者抵达一座全新城市，缓慢融入这个世界的故事。画面上满是奇怪的生物和现实世界里看不到的建筑、桥梁、机械。有时候幻想故事是对现实的反讽和暗喻，就像中国古代神话里常用各种古怪动物指代一些天气现象、邪恶力量、自然灾害……我偶尔会想，也许在黄帝炎帝时代，有过比现今更发达的科技，《山海经》里的貙豸、穷奇、饕餮，指代的都是上古时代曾经存在的某些兵器，在上古文明陨落后（因为天灾、战争等因素陨落），资料流失，蒙昧的后代人们用一知半解的文字记录当时的兵器和传奇，在现今看来反而是神话一类的东西了。

敦煌壁画里人物后的光环被一些科幻学者解读为宇航用头盔。

“象征”“暗喻”“拟人”，这些绕弯子记录事物的方法其实非常有趣，现代也有很多通过拟人象征等手法来传递抽象概念的例子，“十二星座拟人”“学科拟人”“魔都地铁拟人”……远的不提，就拿“天宫一号”和“嫦娥”来说，曾有人调侃说也许时间其实是一个环形回路，未来，我们的文明消失，人们回归到蒙昧的原始状态，而他们神话里说的“嫦娥”，其实正是我们自己发射的探测器，他们说的神仙，则是我们在地球文明消失前，发往遥远星系的飞船。还记得有人评价敦煌壁画里，神仙头上的光环酷似宇航员的球形头盔，这样一想，古人常说神仙“居住在天上”，也是可以理解的了。

《重力眩晕》游戏里重力被完全打乱。

真正让人更加沉迷于幻想故事的，不是那些三头六臂的图像，其实是它们背后的“另一种可能性”。“世界”这个“方程”只有一种“答案”，未免太过悲观乏味——于是人们在各类故事里期待着宇宙的另一种打开方式。每个故事其实都是一种尝试，一旦这个故事经得起推敲，合情合理，人们心中就会燃起希望来。改变物理定律或现象对现在的世界会有怎样的影响？前阵子 SIEJA 公开了 PS 4《重力眩晕2》的宣传片又引起一阵热潮，让人不禁期待一个重力会按某种规律变化的世界里，普通人该如何应对生存，整个世界的社会架构又会发生什么变化。除了改变自然规律，改变已有的社会结构、法律体系，会出现什么样的世界呢？“国家”这种东西，会一直存在吗？上古时期，只有部落而没有国，在更远的未来，国家是不是也会消失？也许有一天所有的建筑都变成可以移动的，让人的生活更加便利；也许有一天，像 Google 所说，人们会通过把意识上传到云端而获得所谓的永生？

“变戏法”，从来都是一件很简单的事情。让人惊奇，瞪大双眼，对“原来还有我不知道的事”感到有趣。但真正更重要而又持久的感动，在它背后。“探索未知，寻求不同而又合理的解释”——这是更加幽深危险，需要包括科学研究者、小说家、艺术家、哲学家等在内的每个人努力挖掘的大坑，我想，它最终会改变我们所有人的命运。

THIS IS US

名字叫“我”的小怪物

什么！你说我有病？！不不不，我只是有点小偏执而已！当“它”发作起来时，我也许不太合群，但是非常可爱啊！泰山崩于前也绝不退让的占有欲、逼死处女座的强迫症、打死不低头的牛脾气、让人敬而远之的特殊审美……这一切的一切都是我存在的证明！没错，我就是活得这么潇洒又放飞，最后希望大家都有一双能发现“美”的眼睛！（笔芯）

· 这就是我们 ·

VANYA LIANG / Illustration

幽　草
YOU CAO

我是那种绵羊般温驯、与人为善、不爱争吵、在人群中隐藏个性的人，从不主动搞什么大新闻，不过青春期的时候性格也没这么好。记得十几岁的时候过暑假，晚上基本不在家里待着，每晚带一本厚厚的《波德莱尔传》出门，去一站地外的麦当劳里坐着看书。因为没买吃的白蹭座，所以也很有自知之明地坐在靠近门口过道那一片座位，而那一带则集中了和我一样的蹭座党，环顾周围，都是流浪汉啊、离家出走少年啊、业务员啊、电话诈骗犯啊一类的客人，吵得要命，根本没法专心看书。也不知道为什么，我却认定那个座位就是我的，每晚雷打不动过去坐着，和一群令人不安的客人比邻，岿然不让，绝不挪窝。隔壁桌有流浪汉独酌耍酒疯，我岿然不让；一大群电话推销员在左右集会谈事情，我岿然不让；家装设计师和户主在我眼皮子底下讨论装修方案，我岿然不让；中年夫妻在耳边吵架喊着我要和你离婚，我依然岿然不让。因为岿然不让，还曾经和隔壁桌的安利职员发生过口角冲突，被年轻的未成年女员工口头警告。次日去麦当劳时，依然一屁股坐在我那个座位上，一边担心着自己会被昨天的那群人报复，如坐针毡，心里发毛……然而整晚依然没有挪过窝。次次日也依然去麦当劳守着那个座位，一直到暑假结束……

冯 天
FENG TIAN

我一个一生只吃饲养肉、从不伤害小动物的人，不知道为什么突发神经病，变得狂热爱皮草了。可能是因为养了这么多年猫之后，对于小动物那一身柔软的毛没有抵抗力，每晚不摸着睡觉，不用鼻子拱一拱就浑身难受，没有安全感。有一次在大悦城，突然看到一个皮草做的双肩包，我顿时就走不动路了，不顾朋友的劝阻和售货员说这是女款的羞辱，掏出银行卡就让对方快点刷。当然，买回去之后一次都没有背过，放在床上当枕头。然而，我的魔障还没有被满足，双11，我又在劝阻和嘲笑声中，毅然决然地买了件貂。真皮草，没有现货，仅限时打对折，好几千，下完单后神清气爽。双11一过，我再看那件衣服，还是那个价，一分钱都没有便宜，而我竟然没有一丝生气，反而很开心地想——看来是真货，真货就跟海外代购一样，不是你想打半价就能半价的，所以继续期待着。每晚睡前都要看看发货了没，每天醒来后都要看看买家秀，幻想穿在我身上该有多么好看。

二十天后，我收到了我心爱的貂，欢天喜地地穿上，然后三秒钟就脱下了。那一天，我家气温在二十三摄氏度左右，第二次入冬失败。没关系，我把被子一扔，从此把那件貂当被子盖，每次入睡都感觉到，此生从未有过如此的宁静。

刘麦加
LIU MAIJIA

因为我开窍晚，从来没有当过任何一个男朋友的初恋，基本上他们和我交往的时候至少已经有一段情史。而从我的初恋开始，我就是一个对他的历届前任有着很深执念的人，我会想知道他曾经爱过的女人长什么样、是什么样的人、为什么会分手、现在在哪里在做什么有没有改变。随着我换男友次数的增多，这样的执念也越来越深，更可怕的是，只要我想知道，不管男朋友怎样逃避如何讳莫如深，我总能找到办法知道他们前任的情况。我会灵活运用互联网，从人人网到他的QQ空间、他的微信朋友圈，继而联系他周围的朋友，从其不小心泄露的情报中搜集所有蛛丝马迹，然后按图索骥进行定位。一向毛躁的我在这件事上相当有耐心，而且对前任侦查的准确率高达90%。我曾经花了一整个晚上的时间刷完了一任男朋友的前女友五年来的微博，知道了他们是如何认识的、甜蜜的时候有多恩爱、什么时候分手的、分手之后那个女孩是如何走过来的，最后看到那个女孩找到了真爱并且走进了婚姻殿堂的那条微博的时候，我简直有种陪她走过了一小段人生的喜悦感……

毛植平
MAO ZHIPING

古老的电竞圈有一句金玉良言被口口相传——不要毒奶，不要立 flag。而我，是一个非常不信邪的人。

有一次晚上七点，我和朋友结伴去网吧开黑，路上我就抛出豪言壮语：“今天必定连胜。”小伙伴们因此士气高涨，后来，这句话变成了：“再输一把我就是狗，今天不赢一把我就不走了。”一个比较熟的网管下班之前帮我们开了五人竞技区，然后我们从晚上七点玩到了晚上十二点，连当天的“首胜奖励”都没有拿到，队友有些发牢骚，怪我早早立下 flag，毒奶导致一直赢不了，我听了后很不服气，不信邪。“今天的首胜拿不到，我们就拿明天的！马上就过十二点了！拿了首胜回家睡觉！一定能赢的！”我就这样再次立下 flag。

结果直至第二天早上六点，也就是整整一个通宵，中途吃了三份外卖，从头至尾十一个小时，没！有！赢！队伍已经军心涣散，队友眼神迷离、神志不清，宛如一群智障。但，我是一个说到做到的人，也是一个非常不信邪的人，不赢一把我是肯定不会离开网吧的，于是在经过艰难的心理斗争之后，我默默地点开了“人机模式”，轻松地打败了电脑，胜利，事罢我们开黑的几个人瘫倒在椅子上，长舒了一口气。这个时间点正值网管换班，那个比较熟的网管刚刚来上早班，跑来问我：“哟？怎么来了？今儿这么早？”我回他一句：“我们压根没走。”

胡小西
HU XIAOXI

作为一名上升是天平的天蝎座……我在严谨苛刻的自我要求下认真起来，会比你想象中的还要严谨、苛刻和可怕。

拖地顺序一定要按照污（我）染（的）程（标）度（准）来定 #。从卧室开始，然后是客厅，最后是厨房和卫生间。拖地的方法必须是倒退走着拖，看着光洁的地板在面前逐渐铺展开来超有成就感啊！对！不！对！然而就因为这个，我跟住一起的室友没少吵过架："你这样拖是不对的！""这里没有弄干净！""还有那里！"……结果就是室友把拖把摔在我的脸上"不干了"。

有序号的东西一定要依序排列 #。去日料店吃饭，发现店里的书架上摆了一套40本 + 的系列漫画书，因为被食客随手翻阅又胡乱地插回去，所以顺序异常混乱，而且有的封面还被折歪了角！这还让我怎么能坐得稳吃得下呢？！于是我信步走过去，开始一本一本依序整理起来（甚至还把脏了的封面都擦拭了一遍）。直到有人对着我说"服务员点餐"，我才意识到我是在"别人家"的餐厅里……

在服装店买单，收银员慢条斯理地摘吊牌、消磁、打印账单，"闲不住"的我又开始自己找"活儿"了——哎，收银台上摆放的小商品没有依序对齐摆好啊——这个墨镜放错位置了——这个气味的香水只剩一瓶了要补货了……

陈奕潞
CHEN YILU

奶奶每次聊起家里几个孩子，总会特别强调一下我的倔脾气，小时候我不爱吃饭，所以大人用我最喜欢的玩具威胁我，如果我不吃饭的话就把玩具收走，我就说“拿走好了”。我读小学的时候，爸妈在墙壁上发现一个拖鞋印记，认为是我玩脚踏车的时候踩上去的，但我的确没有踩，结果因为这件事还离家出走，穿着吊带背心在街上晃荡了一整天。初二，做鲁迅课文的阅读理解的时候，我不认为作者在写作的时候想了那么多“中心思想”，所以不肯好好背答案，明明我的记忆力很好，背那些正规答案不难。长大后明白，作者的中心思想有时候是潜意识的作用，通过感性的方法表现出来，并不是我所认为的，在纯理性的状态下机械地堆砌。所以如果现在让我回答那道阅读题，我会认真回答吧。不过那也是我自己的答案，不会去背诵其他人的灌输。这大概就是我的愚蠢的执念吧！一个即使头脑愚蠢仍然坚持自己思考的固执girl！

王　一
WANG YI

我这个人向来随遇而安，很多事情都是咬咬牙就……忘记了。如果非要说有什么特别执拗的事情，大概就是因为我是厨艺苦手，用料步骤都非得按照菜谱来，可是又把握不好量，往往忍不住多做，于是做上一顿饭，就得吃两三个人的量。

这在以前其实没什么大不了，最坏无非就是厨房里多了一堆闲置物。可是自从来了欧洲，买啥都不方便，每次都得跑遍全城，花不少钱不说，更是几乎要跑断腿。刚出国那会儿，为了做一顿“下厨 ×”App 推荐的红烧肉，我跑遍了所有普通超市和各类亚超，终于买齐了蒜苗、大料、冰糖、腐乳、小茴香，做了满满一大锅。那大概是我这辈子吃肉吃得最多的一次。晚上刚躺下没多久，就只觉胃部一阵抽搐，连滚带爬地起了床，抱着马桶吐了个天翻地覆，之后两个星期，一闻肉味就想起深夜的马桶。此后悲剧不断上演，甚至愈演愈烈。最近为了给新买的丁香肉桂腾地方，我整理橱柜，翻出了很久以前大清早赶半小时路抢购的茼蒿、从摩洛哥带回来的塔吉锅、拜托隔壁日本小哥专程带我去日本超市买的味淋（已过期两个多月），还有各种我不记得干吗使的瓶瓶罐罐。坐在这堆破烂里，想起为了它们奔波的路程，再想起吃撑呕吐的每个深夜，我只能化用《一个人来到田纳西》来安慰自己：毫无疑问 / 我用塔吉锅焖的大肘子 / 是全天下 / 最大份的。

宝 树

BAO SHU

我有一个毛病，对一切曾经陪过我稍长时间的旧物都难以割舍。无论是衣服、玩具，还是书本，甚至完全无用的东西。每次搬家都自讨苦吃，带着无数可以直接扔掉的废品走。

印象最深的是一张木桌，小时候在四川陪着我长大，后来又千里迢迢拉到浙江。就那样一张方正的桌子，我在上面读书写字胡思乱想，陪我度过了整个童年。小学高年级时父母嫌它陈旧要卖掉，我坚决反对，大吵大闹，然而并没有用处，最后还是决定了卖给别人。对方来搬走的前一夜，我钻到桌子下面跟它说了很多话，就好像它能听懂一样。第二天，还是眼睁睁地看着它被拉走了。

不过我内心还有一线希望。我写了一张纸条放在书桌的抽屉里。里面有我家的地址和我的名字，我让看到这张纸条的人把桌子送回来，我会出钱把它买下来，我还想也许那时候，爸妈也会想它吧？当然一天又一天，一月又一月过去，那张桌子再也没有回来。

而记忆也同样残忍。我以为自己会一直记得它的样子，但是新桌子拉来以后，看上去倒也有几分相似。慢慢地也就混淆了，到现在，我对那张桌子只有一点很模糊的印象，还不知是真是假。时光如水消逝，再也无法追回，这也是我对所有的旧物都不愿割舍的原因所在。它们的存在，才是我们对抗时间的最后的堡垒。

迟　卉
CHI HUI

我这个人啊。做事特别有始有终，如果开始了一件事，就一定要把它做完。

比如说，我看一本书，就一定要看完才安心。看不完就总是惶惶不安，烦躁不已。如果是三部曲或者更长的大部头，那么这个过程就会变得特别痛苦，但又欲罢不能。

因此我最痛恨的莫过于看完七本书之后发现一个“未完待续”，我家的猫见证过我当时那震天动地的号叫声。

后来这种偏执渐渐扩展到了游戏和美剧。游戏一定要打通关才安心。美剧一定要看完——等等，美剧好像很少有老老实实完结的。要么拖上十一季的兄弟爱恨情仇，要么被咔嚓腰斩……

TAT……

后来，出于对那些被腰斩的剧集的执念，我开始给这些倒霉的剧集勾勒结尾，并把梗概发到网上。很凑巧地找到了一群和我有同样“结局狂热偏执症”的患者。偶尔我们会聚在一起，给那些剧集讨论出许多可能性。

这种狂热发展到最美妙的时候，我们遇到了一位真正的导演。他拍着胸脯，信誓旦旦地说，他要给他最热爱的那个腰斩剧集拍一个完结版。我们大喜过望，纷纷出谋划策，添砖加瓦。

然后?

然后我们就坑了……

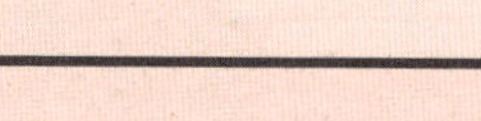

无聊的超能力

ZUI·大调查

“我一直有一个超能力，只是现在才想告诉你。”

落落：

怀疑自己有招财猫体质，每次进一家无人的小店，不久后就发现店里的客人多了起来。

笛安：

我会用占星软件给我的人物看星盘，我输入的是一直存放在我脑袋里的出生年月日（未必写在小说里），很多时候出来的结果跟小说中他们的性格缺陷惊人地吻合，所以我就更相信他们一定都活在某处。

痕痕：

全世界我最喜欢的两位作家都有写我的名字送我签名书。（如果听起来不够厉害的话，每个字中间加一个逗号再念念看。）

HUMDRUM

胡小西：

一眼就能看出版面中哪些文字信息或图片没有左/中/右对齐，误差一毫米左右。

消失宾妮：

特别讨小动物喜欢，世界各地的野猫都已被我征服，撸脖子立马瘫软在我脚边，不管面相多凶……

陈晨：

对于计算食物的热量有火眼金睛，再复杂的食物估算出的热量值，都跟实际的数字基本无差（来自多年减肥的经验）。

OOPS!

DULL

BORING

宝树：

现在我看一眼远处的建筑，就能说出今天的雾霾指数，误差不超过百分之十。

张冉：

浑身关节都会咔咔响，好像《绿野仙踪》里的铁皮人。

阿缺：

不用眼睛看的情况下，每次插USB接口，都会插反。

陈奕潞：

绝对没有脸盲障碍的我连猫都可以巧妙地区分，能够只看脸就推断出中华田园猫的性别来。

包晓琳：

如果做了可怕的噩梦，可以在睡梦中自行NG，提示自己是在做梦，然后换个姿势起来重睡。

迟卉：

自带吸引恶猫体质，任何坏脾气的、爱咬人的、喜欢挠沙发的和喜欢在米桶里便便的猫，都会在最短时间内躺平任我抚摸，而所有很乖萌的猫看到我都会躲得远远的。

INSIPID

冯天：

百分之八十玩反转的电影或小说我都能在剧情过半前猜中结局。

曹小优：

不管丢了什么东西，只要我不着急，过两天绝对会自动出现。

幽草：

头天晚上做梦梦到的SSR从者，第二天准能在卡池里抽到，无氪玩家的玄学体质。

王一：

考试复习很快，而且最厉害的是，看了的一定会考……

夏无觞：

我如果参加朋友的婚礼，对方八成都会离婚。

繁恩：

吃花菜的时候，低头一看发现虫子的概率在百分之七十。

吴霜：

每次等公交和地铁都能在十五秒之内等来。

赵咏真：

自带“续梦”能力，睡梦中被闹钟打断的故事情节，可以在下一次入睡时继续上演！

TIRESOME

下期预告

* 图片来自网络

2000年前的时光胶囊

走在繁华的陌生街头，我们远离了很多事物。曾经的弄堂拆迁了，变成了高级公寓；曾经的校园也改头换面盖起了高楼，每一天仿佛都在与过去的记忆做告别，随着时间的前进，我们成长为越来越陌生的自己。

你还记得属于过去的一首歌，一个人，一种味道，一处地点，一份约定吗？

在下一期特辑中，我们将打开时间之门，回到 2000 年以前，重温少年人的梦想、爱情、友情、热血和青春故事。在时间的长河中，或许也会开启一段秘密往事……

痕痕

《挚爱》：张信哲于 1997 年推出的第三张 EMI 时代的国语专辑，收录了《用情》《受罪》《背叛》《多想》等歌曲。

我的朋友曾经很神秘地对我说，听张信哲的歌会“走火入魔”。什么是走火入魔呢？我坐在躺椅上，闭着眼睛听他的声音，眼前的昏暗突然变得一片澄明，并且这明亮好像通往一个更远的地方，于是我相信，我也走火入魔了。1997 年，张信哲发行了《挚爱》专辑，歌词本里有一段文案：“如果二十年后，我们再见面……”那时的我，恐怕读不懂这字里行间的情爱，幼稚的舌头怎样也绕念不出复杂的情感迷局，但却认真地侧仰着头，想要记下这样的约定。

突然发现，转瞬已是二十年。

叨叨

儿时住舅舅家，和表姐弟们一起打地铺睡。每天早上，我那赶时髦的舅舅都会打开收音机，放当下的流行歌曲来叫醒我们几个懒虫，虽然我们都还大字不识一个，但也会跟着旋律摇头晃脑地瞎哼哼。印象最深的是任贤齐的《心太软》，当时觉得这是世界上最好听的歌了吧，大街小巷都在放，男女老少都会唱的感觉，不要太火。

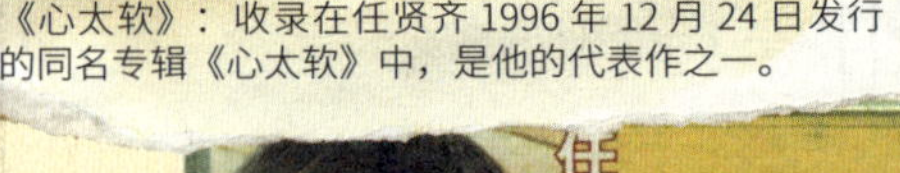

《心太软》：收录在任贤齐 1996 年 12 月 24 日发行的同名专辑《心太软》中，是他的代表作之一。

童童

夏天曾如此令人翘首以盼，因为每当这时家长是会给孩子发放“冷饮费”的。而我最喜欢的就是巷口小卖部的“七个小矮人”，顾名思义，就是每袋都会有七个颜色不一样的冰棍组合在一起，十分好看。现在想想，可能糖精放得太多，吃起来甜得发苦，不过那时能拿着“七个小矮人”冰棍躺在竹床上乘凉是真的幸福啊！

七个小矮人冰棍：流行于 20 世纪 90 年代，一袋里有七个小冰糕，不同的颜色是不同的口味。

榛榛

外婆家里有一整箱的小人书，多是 20 世纪 80 年代出版的，从《聊斋》《西游记》到外国名著，应有尽有。很多个年少时的午后，外公收音机里的评书播完了，打起了瞌睡，睡不着的我便翻起小人书，看武松打虎、美猴王龙宫夺宝，阿拉丁神灯飞出巨人……摊在手心的小人书就像一扇扇开启的天窗，让幼小的我看到了最初的世界。

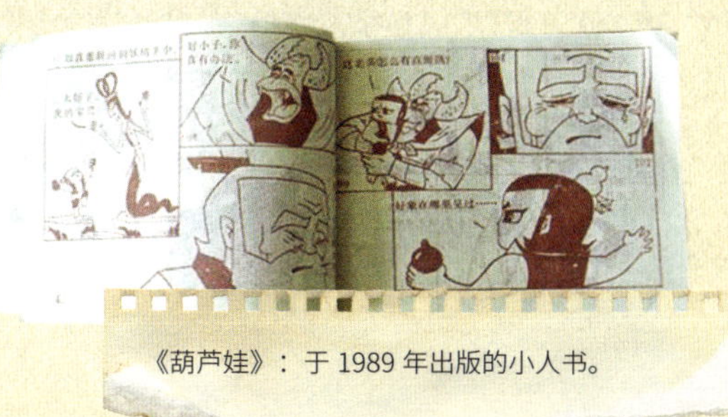

《葫芦娃》：于 1989 年出版的小人书。

小河

以前每天放学后都会准时坐到电视机前看《樱桃小丸子》，印象最深的是关于“神秘别墅”的一集：丸子和好友偶然发现了一栋老旧的别墅，便一同前去“探险”，在别墅里看到了许多奇特又怀旧的物件。后来，他们想故地重游，却再也找不到那个地方了……大概就像长大后回望当年的记忆一样，历历在目，却最终无迹可寻。

《樱桃小丸子》：日本国民动画，1990 年于富士电视台播出。

这台超过二十个年头的老物件，至今依然顽强并且尽职尽责地在妈妈的手底下工作着。有时候清晨好梦会被它使用时“吱吱呀呀”分外难听的声音吵醒，我心里便忍不住想，这次它总该是要坏了吧。但不知不觉中，它却和我一样，正奔着第三十个年头而去……

非非

蝴蝶牌缝纫机：20 世纪 90 年代知名品牌，与当时的永久牌自行车、上海牌手表一并成为当时青年男女结婚的“三大件”。

还在小学低年级的时候，爸爸有次带回了《狮子王》的 VCD，于是那一年的暑假就捧着西瓜在 586 的电脑前面一遍又一遍地刷这部电影，里面的台词与歌曲都滚瓜烂熟。小时候跟随辛巴的一路成长被那些拟人化的“笑果”与感情深深打动，长大回过头发现它有着经典的莎翁戏剧内核，它不仅仅是好莱坞经典，也是我心目中无法逾越的动画经典。

卡卡

《狮子王》：由迪士尼出品的动画电影，1994 年在美国上映，1995 年于中国上映。

我成为怪物那天

WO CHENGWEI GUAIWU NA TIAN

本期作者

郭敬明[主编]

作家，导演，编剧。上海最世文化发展有限公司董事长，“80后”作家群代表人物。
代表作品：《幻城》《夏至未至》《悲伤逆流成河》《小时代》系列、《爵迹：雾雪零尘》《爵迹：永生之海》。
导演作品：《小时代1》《小时代2：青木时代》《小时代3：刺金时代》《小时代4：灵魂尽头》《爵迹》。

宝树

上海最世文化发展有限公司签约作者，银河奖、全球华语科幻星云奖双料得主。
已出版作品：《三体X：观想之宙》《时间之墟》《古老的地球之歌》《你的第一本哲学书》（译作）《天众龙众·伏地龙》《天众龙众·金翅鸟》《时间狂想故事集》。
民间哲学家，晚期网瘾患者，旧书、小动物和不着边际幻想的守护者，正在以每小时三千六百秒的速度进行时间旅行。

张冉

科幻作者，第二十四、二十五、二十六、二十七届银河奖获奖者，第四、五、六、七届全球华语科幻星云奖获奖者。
已发表中短篇小说二十篇，出版短篇集《起风之城》。
前媒体人，咖啡店主，没什么干劲的创作者，一直相信科幻是个好玩的东西。

赵咏真

“95后”天蝎座，生性淡泊，不近生人。有时对热闹排斥，有时又对寂静惶恐，喜欢揣测人声人面背后情绪，妄自编织他人情节故事，对世界存有疑虑，对生命怀有期待，对情感抱有敬意，希望人人都能拥有安乐祥和的结局。
已发表作品：《漠里拾荒人》。

吴明益

作家，学者。
著有散文集《迷蝶志》《蝶道》《家离水边那么近》《浮光》，短篇小说集《天桥上的魔术师》，长篇小说《睡眠的航线》《复眼人》《单车失窃记》等。作品曾获法国岛屿文学奖、*Time Out Beijing*“百年来最佳中文小说”、第三届联合报文学大奖等。

迟卉

上海最世文化发展有限公司签约作者。
全球华语科幻星云奖获奖作家。
已出版作品：《伪人2075·意识重组》《荆棘双翼》。
狂热游戏爱好者，猫的奴隶，被窝争夺战亚军。喜欢团在温暖的地方讲故事。

阿缺

文化公司职员，银河奖、全球华语科幻星云奖获得者。已出版作品《与机器人同行》。
爱机器人，害怕机器人，歌颂机器人，希望机器人统治世界后因这些歌颂而对自己网开一面。

吴霜

影视编剧，科幻小说家，译者，第二届全球华语科幻电影星云奖副秘书长，两届全球华语科幻星云奖获奖作家。
代表作品：《宇宙尽头的餐馆》系列、《天元》《捏脸师》等。
热爱电影、瑜伽、各种黑暗料理。重度书痴。

梦人

日系摇滚乐爱好者，同时也沉迷手作不可自拔。对事物的价值没有什么既定概念，但只要做了跟“美”有关的事就会非常高兴。
已发表作品：《蓝色布幕》《貌美的青空》《红线》《暖风过境》、*Perfect Moment*。

2017年《最小说》主题书系征稿啦!

如果你怀有创作梦想，想要用文字、绘画、摄影等形式来描摹世界，抒发个人情感，表达人生观点；如果你相信自己的实力，渴望更多的人得以发现并认可你的心意与作品，那么，2017年《最小说》主题书系，等着你来!

【我们需要什么】

[文字类]

小说——不限题材!

青春校园√ 科幻√ 悬疑√ 推理√

其他题材√

篇幅在3000～6000字之间，可以酌情增减篇幅。

只要你的故事足够精彩，只要你的文字足够动人，我们绝不错过!

投稿邮箱：

wen1@zuibook.com

wen2@zuibook.com

wen3@zuibook.com

[图片类]

插画、摄影、设计师合作，请发送个人作品及简历至邮箱：art@zuibook.com

【你需要注意的是】

*投稿内容无暴力、色情描写，无政治、宗教倾向。

*文字和图片类投稿作者不得一稿多投，两个月内没有收到答复可以另行处理。

*投稿时请留下自己的真实姓名、笔名、联系方式，以便我们与你取得联系。

[Zestful Unique Ideal]

全新旅程，期待你的加入。

好书推荐

示意封面

《文艺风象·爱不爱读书》

主编：落落
定价：16.8元
上市日期：2017年4月

在今年的“世界读书日”即将到来之际，我们准备了这期特辑。本期主题嘉宾，是作家水木丁，著有《我们心中的怕和爱》《只愿你曾被这世界温柔相待》等。本期流行人物，是近年来内地最受瞩目的民谣组合之一：五条人，曾获第十届华语传媒音乐大奖“最佳民谣艺人”等7个奖项。

“世界读书日”设立的目的，是推动更多的人去阅读和写作，希望所有人都能尊重和感谢为人类文明做出过巨大贡献的文学、文化、科学、思想大师们，保护知识产权。书籍，杂志，报纸，标识语，说明书，广告海报，滚动字幕，手机消息……每一天，我们都在不知不觉间进行着各种各样的阅读，被大大小小的信息轰炸着，我们忙于分辨、忙于筛选，努力节省下来一点时间，去做那些更加深度的阅读，撰写那些可供分享的富有营养的内容。

《2030·终点镇》

作者：迟卉
定价：32.8元
上市日期：2017年4月20日

被人类赐名的机器，在为争取真正“活着”而蓄力。一场人类与人工智能的博弈，一场互相猜测与对答的游戏。光怪陆离的科学幻想，险象环生的惊奇案件，这场来自人类与人工智能的交战，正缓缓拉开帷幕……

《请和孤单的我吃饭吧》

作者：陈晨
定价：38元
上市日期：2017年3月31日

风趣幽默的文字背后，却是一个充满温情的故事。故事里的人物和情节其实有着许多人的影子，从最现实的角度出发，塑造了生动的人物形象，用一个个幽默的小故事，以及“吃饭”这样日常的状态串联起了人生的百态。

《以父之名》

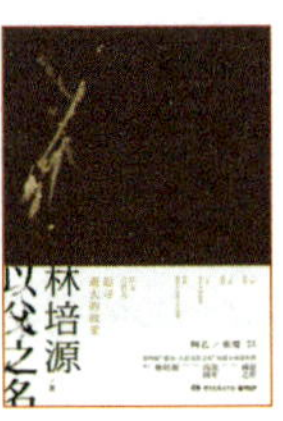

作者：林培源
定价：32.8元
上市日期：2016年12月23日

这是一个遥远的回不去的故乡，这是一群人想逃离的故乡。是真实淋漓的记录，又是一场悲壮静默的生存游戏。这些人，这些事，值得心存疑惑的我们去读、去听，望着他们的世界，就像是望进了我们自己的内心。

《最爱你的人，是我》

主编：郭敬明
定价：32.8元
上市日期：2017年1月20日

用特有的文字和风格来诉说生命中的这个最爱我的你。这个“你”存在于我们的任何一段人生旅程里。也许是那些曾经陪伴我们的人，也许是那个我们心心念念的人，也许是在我们生命中突如其来，又突然消失的人……

《凝固的时间》

主编：郭敬明
定价：32.8元
上市日期：2017年1月20日

如同一面立在时间长河上的三棱镜，折射出时空的多重色彩，科幻迷宫的幻紫、异国外域的湛蓝、哥特城堡的暗黑、记忆磁场的暖黄……它们逐渐在文字的流淌间浮出、显露、凝固成时间的精美雕像，盛满了整个时光花园。

《下垂眼：我想见的是你！》

作者：王小立
定价：29.8元
上市日期：2017年1月5日

那句埋藏在心底的“全宇宙我最喜欢你”勾起我们青涩的恋爱、甜美的期待、热烈的友谊与不知世事的天真烂漫，守护着青春最温暖的那部分。全书全彩升级！随书附赠林小夏专用日记本和有爱小短篇！

图书在版编目（CIP）数据

我成为怪物那天 / 郭敬明主编 . — 长沙 : 湖南文艺出版社 , 2017.4
ISBN 978-7-5404-8006-6

Ⅰ . ①我… Ⅱ . ①郭… Ⅲ . ①短篇小说—小说集—中国—当代 Ⅳ . ① I247.7

中国版本图书馆 CIP 数据核字（2017）第 043053 号

上架建议：青春 / 畅销

WO CHENGWEI GUAIWU NA TIAN
我成为怪物那天

主编：郭敬明
出版人：曾赛丰　出品人：郭敬明
文字总监：痕痕　责任编辑：薛健　刘诗哲　监制：毛闽峰　与其　李娜　刘霁
特约策划：卡卡　董鑫　特约编辑：童明慧　张明慧　营销编辑：杨帆　周怡文
装帧设计：ZUI Factor (zui@zuifactor.com)

出版发行：湖南文艺出版社（长沙市雨花区东二环一段508号　邮编：410014）
网址：www.hnwy.net　印刷：北京中科印刷有限公司　经销：新华书店

开本：787mm×1092mm 1/16　字数：178 千字　印张：15
版次：2017 年 4 月第 1 版　印次：2017 年 4 月第 1 次印刷
书号：ISBN 978-7-5404-8006-6　定价：34.80 元

质量监督电话：010-59096394
团购电话：010-59320018

插图 / 木小雨